真名為瑟爾，從出生時，似乎就擁有不屬於這個世界的記憶。
在一百五十年前為了守護人類，
成為唯一一個的精靈聖騎士，也因此被精靈王驅逐。
戰爭結束後，隱居在聖城伊蘭布林，過著避人耳目的生活。

三日月書版
novel YY的劣跡
illust Gene
光與暗之詩
Dear My Thranduil
I
曙光之薩蘭迪爾

眼前是張塗滿了色彩的畫紙。

畫紙左邊是一片生意盎然的綠，生命的氣息噴薄而出。

畫紙中間則是層層變化的焦黃，看似焦枯卻充滿著未知。

畫紙的右側是一片暗沉無光的黑，與左側的綠意截然相對。

而畫紙最上方的那一塊卻還空缺著。

它想了想，在最上方畫了一個圓，看起來像個巧克力甜甜圈。

這最後一筆落下，整個畫面如要騰空躍起，掙脫紙張的束縛，又像要支離破碎，化爲飛灰。

它不滿意地皺了一下眉頭，隨手將一直漂浮在身邊的幾顆星辰甩進畫紙之中，其中最大最亮的那一顆星辰反抗得格外激烈，費了它一些功夫。

做完這一切，一副栩栩如生的畫卷終於呈現在眼前。

它笑了，自以爲是個成功的畫家。

然而這時，它聽到一個聲音。

「喂，爲什麼你畫畫卻拿著刀叉？」

光與暗之詩

DEAR MY THRANDUIL

CONTENTS

光與暗之詩

DEAR MY THRANDUIL

CHAPTER ONE

狂歡節

這是一場人間盛會。即便不曾接近，歡呼聲也遙遙傳入耳中。

「讚美以利，眾神之神！」

「讚美聖城，光榮之巔！」

遊行隊伍從大街小巷穿行而過，灑下的花瓣落在每一張行人的笑臉上。

他們高呼讚美聖城，他人呼應：「光榮之巔！」

他們高呼讚美神明，他人回應：「眾神之神！」

聖城，伊蘭布林。這座位處大陸最東北的角落，與龍島和惡魔深淵都只有一線之隔、在深淵最前線對峙的城市，今夜正在狂歡。

來自世界各地的訪客彙聚於此，他們有黑或白的皮膚，尖或短的耳朵，高或矮的身高，然而無論外表如何，他們都有一個共同的目的——慶祝眾神之神以利的生日。

在遊行隊伍的路線終點，人們可以看到一座石像——是用巨龍的炎息也無法毀滅的巨龍之岩所鑄造的石像。那石像是一個沒有面目，沒有性別，沒有種族特徵的「人」，它手拿著一把長劍，面對遙遠的惡魔深淵佇立。

這是以利，眾生之父，眾生之母，是開始也是終結，是一也是萬。

傳說在很久以前，狂歡節的最高潮時，以利會降世賜予眾生祝福。然而傳說太遙遠，壽命短暫的人類無法確定真偽，生命漫長的種族卻從不願多談。久而久之，以利降世賜福似乎成了一個不可期盼的傳說。

如今的人們不再期待神臨，而狂歡節演變為自我慶祝的節日。

一個小女孩坐在父親的肩膀上，聽人們講述節日的起源。

「可是為什麼呢？有這麼多人為祂慶祝，以利卻不願意來吃生日蛋糕嗎？」

女孩天真無知的話語引來附近一隊騎兵的注目。他們騎著披掛著銀飾的黑馬，穿著聖銀製造的精美盔甲，頭髮整齊地束在腦後。聽到這句話，這些英俊而冷漠的騎士齊齊往這裡看來。

女孩的父親立刻捂住了她的嘴，恭敬地低下頭。在他們父女旁邊，其他人也立即謙卑地彎曲自己的身體。如果仔細注意，可以看到他們的身軀在微微發抖。

騎士隊注意到說出不敬之語的只是一個小女孩後，顯然沒有了繼續追究的意思。他們還有重要的使命，不需要為此耽擱時間。

一直到那隊引人矚目的騎士走遠了，女孩的父親才鬆了口氣，他抱著自己的寶貝女兒哭笑不得地道：「好了，親愛的，下次不要說這種蠢話了。」

「為什麼？我只想問以利為什麼不來吃蛋糕，為什麼就有人要生氣？」小女孩的年齡足夠讓她領悟到剛才僵持的氣氛，卻不足以讓她明白其中的原因，「如果有人覺得我說錯了，我道歉就是啦，就像昨天我不小心打翻了媽媽的罐子，我道歉了，媽媽原諒了我。」

父親苦笑，顯然不知道該如何回答自己女兒。他該如何告訴她呢？告訴這個年幼的孩子，世上有尊卑，有階級，那是深到連神明都無法跨越的鴻溝。有些自覺尊貴的人，一旦覺得被冒犯了尊嚴，根本不會給別人道歉的機會。

「因為他們害怕。」

這個父親正躊躇時，旁邊傳來一個聲音。

「他們也想知道以利為何再也不來吃蛋糕，但是他們不敢想，也不敢問。」

「你——！」

中年男人驚恐地看著突然冒出來的年輕人，正想打斷他的不敬，卻在看到對方兜帽下的親和微笑時，滿腔怒火不知不覺地化為啞然。他就這樣愣愣地看著這個神祕的年輕人，和自家女兒展開了一段神奇的對話。

「果然他們也希望以利來參加生日會！」女孩道。

「是的，他們想極了。」神祕人說。

「可為什麼以利不來呢？」

「我想這是一個好問題。親愛的，如果有一群人為妳的生日準備了美食與糖果、鮮花與蜂蜜，妳有什麼理由不去參加這場精心準備的宴會呢？」

「我想理由只有一個。」小女孩認真而嚴肅地道，「那就是我不喜歡他們，我不想參加我討厭的人為我準備的生日會。」

她的父親這回幾乎連呼吸都屏住了，他緊張地看著四周，發現沒有人注意到他們而鬆了口氣。他又有點想苛責這個莫名其妙的年輕人，為什麼要誘導自己的女兒說出這麼大不敬的話，但最荒謬的是，聽到這個幼稚的回答後，連他自己也忍不住開始思考。

以利，這位至高無上的眾神之神在最近數百年再也沒有降臨過人世，真的是因為這個理由嗎？因為祂不滿意為祂舉辦慶典的神僕？還不滿意如今這塊大陸上，不夠虔誠的信徒？

不，不可能，這是褻瀆。

可是……這又是對誰的褻瀆呢？

「聰明的小傢伙。」

那神祕的年輕人伸出手，在女孩的額頭輕撫了一下。

「願妳今生都無憂無慮，幸福平安。」

那修長的手一觸即離，女孩只感覺到額頭上湧過一陣溫熱，她的父親卻看見一道白光一閃而逝。

那是什麼？

他揉了揉眼看去，卻沒再看到任何神奇的光芒。同樣，在他放下手後，那個神祕的年輕人也隨之消失了，就像從來都沒有出現過。

追逐花車的行人們已經走遠，街角寂靜得有些詭祕。父親有點害怕，抱起女兒就匆匆地走了。

遠處，遊行的花車繼續熱鬧地撒著花瓣，他們喊著讚美聖城，讚美以利，卻沒有人注意到街角的這一幕。

† † †

內城，剛剛結束巡邏的騎士們從駿馬上一躍而下，準備和另一隊人交接。

今天的伊蘭布林裡，齊聚了一群來自四面八方的客人。有些客人地位尊貴，因此更顯得麻煩。他們必須花費比平時多十倍的人力、精力來守護這座城市，以防在這個重要的日子裡出現意外。

然而說是十倍，也不過是一百人，放在大陸上的任何一個騎士團裡，區區一百人都激不起水花，但伊蘭布林的這一百名騎士卻不可小覷。

他們是光明神殿的聖騎士。在以利不再頻繁回應信仰後的第十個紀元，光明神都伊已經成為目前大陸上信徒最多、勢力最大的神明。作為以利的長子，祂算是繼承了眾神之神的大部分榮耀，因此都伊的聖騎士也都有著強大的神力。如今大陸上的大多數勢力都認可，單論個體的平均實力，都伊聖騎士們的單體戰力在大陸上可能只能排名前三（考慮到公平，巨龍們顯然不在排名內），但是如果論團隊作戰，則沒有人可以觸其鋒芒。

然而今夜，這個震懾大陸的聖騎士團卻全員出動了。不僅僅是聖騎士，都伊的神僕、神侍們也都在為狂歡節忙碌，可以說現在整座伊蘭布林城內，沒有一個聖職人員不在為狂歡節忙碌。

好吧，或許還有例外。

一名神侍行走在白色光潔的大理石地面上，他的腳步在空曠的走道內留下不小的動靜，道路兩旁永不滅的聖火都因為他焦急的步伐微微晃動著。

他如此行色匆匆，是去往何處呢？

神侍越過夜色下的花園，越過保存聖水的祈禱室，越過騎士們的訓練場。他越走越偏，逐漸走到整個內城的最角落——一個很少有人拜訪的地方。

「大人。」

終於，站在一座沒有任何裝飾的石門前，神侍低下了他平日裡尊貴的頭顱。

「大人，來自北地的貴客聽說您的威名，想要見您一面。」

石室內沒有動靜，夜風吹動得樹葉沙沙作響。神侍大人安靜地等了一陣子，終於意識到自己被無視了，他回想起年長的前輩曾經的勸告。

——如果石室裡的那位大人不回應你，就不該再去打擾。

若遵從先人的勸告，他本該立刻離去，然而，想到那些來自北地的麻煩客人，他就不甘心離開，尤其是想到為了應付那些麻煩貴客而苦惱的光明聖者，他就更感到不忿。

明明那些難纏的客人是來找石室裡的這一位，憑什麼這位就能避而不見、躲得清閒，反而讓年邁的光明聖者親自為他處理麻煩呢？

明明這裡是光明神殿，為何裡面這位不信仰光芒神的傢伙卻地位尊崇，可以在神殿內享有特權呢？

好吧，雖然我知道他確實十分特殊……可是，也不該如此傲慢。

神侍畏懼地閃過一個念頭，不甘地握緊了拳頭。

「大人，北地的貴客請求見您一面。」

還是沒有等到回應，年輕的神侍忍不住上前推了一把石門，有些不尊敬地道：「難道您就不能放下手中的一二小事，屈尊隨我走一趟嗎？」

就在此時，他聽到身後傳來一個聲音：

「難道我就必須放下手中的一二小事，屈尊隨你走一趟嗎？」

「當然！」神侍下意識地回答。

隨即，他意識到真的有人在與自己說話，而不是自己的幻想。是誰呢？在這個偏僻的院子裡，誰會在這個時候出現？

那個聲音又道：「真令人懷念。上一次有人要求我必須去做或是不做一件事，還是在三百年前。」

神侍驚訝地轉身，看到一個戴著兜帽的身影站在月色與花牆之下。他似乎剛外出歸來，兜帽上還沾著些許露水，帶著深夜的寒意。神侍屏息望著那個人摘下兜帽，露出面容。

直到這時他才發現——原來是花與月色，匍匐在那個人身下。

光與暗之詩

DEAR MY THRANDUIL

CHAPTER TWO

紅龍

「爸爸。」年幼的瑟爾問，「為什麼我們不能吃肉呢？」

「叫我父親。」精靈王說，「因為為了滿足私欲而去殺戮生命，是野蠻可恥的。」

「可是爸爸，」瑟爾打斷精靈王即將說出口的責備，「所以您的意思是，草木花果、朝露溪水就不屬於生命了嗎？是因為它們不能思考，不能說話，還是它們沒有血肉和靈魂？可是生命的形式那麼多，誰知道植物是不是也有情感，山川江河是不是也有血肉脈絡呢？」

精靈王沉默了一會兒。

「而且我覺得，為了生存而殺戮並不野蠻，為了飽腹而捕獵也不可恥。」瑟爾觀察著父親的神色，「所以父親，也許我可以——」

「不可以。」精靈王說，像拎起一隻小貓一樣，拎起自己的後裔，「除非白海乾涸，深淵重現，以利降世，否則你別再想吃肉。」

「這不公平！」瑟爾在他手上掙扎抗議，「你沒說服我，卻用強權使我屈服，不公平！」

「這很公平。」精靈王說，「因為我是父，你是子；我是王，你是臣，所以瑟爾——」

精靈王把年幼的後裔掛在了樹枝上。

「作為父親，我勸誡你不去吃肉；作為君主，我命令你不准吃肉。」

†††

天空變成了亮紅色。

亮紅的光芒從天際北方蔓延開來，如同一簇簇燃燒的烈火掛在天邊。

第一次來到伊蘭布林的外來者好奇地問：「這是狂歡節的特產嗎？是哪位火系法師點燃了天空的雲朵，為節日祝賀？」

他問得天真而可笑。旁邊，本地居民笑道：「法師大人們可點燃不了雲朵，這也不是狂歡節的特產，你看。」

他為外來者指向整座伊蘭布林城的最高處，那裡佇立著一座潔白神祕的內城，如今卻幾乎被染成紅色。

「今夜天空的紅色，是因為聖城有北方來的貴客。」

北方？外來者好奇地想，難道整座大路上，還有比伊蘭布林城更靠北的城市？伊蘭布林再往北的話，不是只有……那座傳說中的島嶼嗎？

北方來的貴客正坐在聖城為牠們特製的、數十人才可以環繞的沙發上。事實上，與其說牠們坐的是沙發，不如說是由大理石、祕銀與寶石搭建而成的巨大石臺。

這三座石臺一共耗費了五噸大理石、一百斤祕銀以及數不清的珍貴寶石，並由聖者親自連夜施展法力鑄造。即便如此，待在這昂貴石臺上的貴客們卻時不時撥動一下寶石、舔一口祕銀，然後不耐煩地向聖者噴出巨大的火焰。

光明聖者站在貴客們身前不到一公尺處，扶正頭上險些被吹走的冠冕，無奈地看著眼前這三頭紅龍。

是的，三頭紅龍。若說世上有比伊蘭布林更北的地方，那便只有巨龍們生存和繁衍的島嶼——龍島。而現在，三隻來自龍島的紅龍正盤踞在聖城的中央廣場上，虎視眈眈地盯著周圍。

二十名都伊的聖騎士守衛在十公尺之外，警惕地盯著這些不速之客。而在更遠的地方，神侍與神僕們擔憂地看著光明聖者。在看到聖者的帽子被龍炎吹起的那一刻，有神僕忍不住驚呼：「天啊，我真擔心聖者的頭髮要被紅龍的龍炎燒焦了！」

巨龍全都耳聰目明，紅龍則更是脾氣難料。聞言，有一頭紅龍不懷好意地看向聖者的頭頂，似乎在想該怎麼替頭髮花白的聖者換一個髮型。

聖者咳了一聲。

「我們已經派人去邀請那位大人了，紅龍閣下們是否願意換個形態與我們相處，以方便大家見面相談？」

「吼吼吼吼！」

巨大的龍息迎面吹來，一點火星落在聖者的帽檐上，就在它快要點燃的那一刻，光明聖者輕輕抬手，火星落在他的指尖。

他微笑地捏著那顆夾雜著恐怖力量的火星，說：「就看在今天是以利生日的份上。」

僅僅一句話，讓本來準備鬧鬧脾氣、耍耍威風的紅龍全都安靜下來，最大的那一頭看了眼同伴們，最終率先化作人形。

在彷彿比日光還要刺目的火焰中，一個高大的人形逐漸顯現。

他紅色的長髮上跳動著靈動的火星，強壯有力的軀幹勾勒出一副完美的身形，皮膚好似冬日寒雪，卻有一雙灼熱如岩漿的眼眸。

神僕們只是看了他一眼，就呼痛地遮住了雙眼；聖騎士們雖然無礙，但也不敢長久直視，只能避開視線。

等到三頭紅龍全部化作人形，另外兩個個子稍矮的站在帶頭的那一位身後，然而即便是這樣，他們的身高也比最高的聖騎士還要高出一個頭。現場的龍威變得比紅龍化作人形前更強了，很難說他們不是故意的。

帶頭的那一位得意地瞥了周圍一眼，然後看著眼前毫髮無損的聖者，皺了一下眉。

「都伊的僕人，我們一周前就已經將來訪的消息派信使通知你們了。」

「一周前。」聖者絲毫不受龍威影響，微笑道，「如果您指的信使是那隻落在我寢室外的夜鳥，牠不幸被聖騎士們當成擅自闖入的不明生物，已經……嗯，得到了妥善的處置。」聖者不著痕跡地轉移話題，「總而言之，非常不巧地，我們並沒有收到貴方一周前的通知。」

「那三天前我們也用魔法傳信通知你了！」化作人形的紅龍吼道，說話時嘴裡噴出了火星。

「喔，那一次我收到了。非常感謝您給了我三天的時間做準備，在百年一次的以利生日前夕，我想要從忙得不可開交的辦公人員中，抽出一部分的人專門接待龍島的貴客，還是有餘力的。」

紅龍沒有聽出這裡面的嘲諷，只是不耐煩地道：「我不想和你廢話。我在這裡安靜地等了這麼久，一個原因是看在你們準備的貢品的面子上。」他指了指後面三座巨大的，鑲滿寶石與祕銀的華麗石臺。

「另一個原因，是我以為你們能把他叫來！」紅龍吼，「可我到現在都沒見到他的人影。」

光明聖者面不改色地說：「實際上，那位大人來或不來，並不受我們控制。」

「可你是都伊的聖者！而他住在都伊的神殿裡！難道你連一個借住在你們神殿裡的傢伙都請不來嗎？」

「我想紅龍閣下似乎忽略了一個事實。雖然這裡是都伊的神殿，不過那位……」

聖者的話還沒有說完，脾氣暴躁的紅龍就吐出一口龍息，對著聖者的頭頂噴了過去。

他決定，今天一定要把這個討厭的人類的頭髮全部燒禿！

當年輕的神侍帶著人匆匆趕到廣場，看到的就是這驚悚的一幕。化作了人形卻比野獸還恐怖的紅龍正張著他那巨大的嘴，似乎要把年邁的光明聖者一口吞下去。

喔，天啊！

神侍在心裡大呼都伊的神名，期待他的主神能從紅龍手裡救下可憐的光明聖者。但事實上即便沒有神明顯靈，光明聖者自己也能解決麻煩——他再次把巨龍的龍息夾在指尖。

紅龍因此惱羞成怒，打算吐出一口威力更恐怖的龍息。一旦他完成目的，在場除了聖者和聖騎士們，其他恐怕無人能生還。

龍息正在凝聚，聖騎士們緊張地舉起武器，此時僵持的氣氛卻被外力打斷。

有人走進了廣場中央。

「喔，這是在舉行燒烤大會嗎？」

帶著力量的質問打破了紅龍正在凝聚的龍息，恐怖的龍息化作一個不甘吐出的空嗝，被紅龍咽下。

聖騎士們鬆了口氣，齊齊轉身看向聲音傳來的方向。

早在這個神祕來客出聲的那一刻，紅龍就轉移了視線。他們盯著那一步步走近的身影，幾乎可以說是挑剔地打量著他。

這是一個精靈，他深受自然女神厚愛的容貌無須贅言誇讚，高挑矯健的身姿即使是在偉岸的紅龍面前也不顯弱勢。夜風拂過他的長髮，鑽過那對輕盈細長的尖耳，然後溫柔地撩開額髮，露出那雙神祕的淺銀色眼睛。它像是一對琥珀、一縷月光、一捧初雪，又像是一簇烈焰、一泓深淵、一片枯葉，當你站在他的面前，就會第一時間被這雙眼睛吸引。

與其他精靈不同的是，眼前這一位並沒有披髮，也不像已有伴侶的精靈編著髮辮，而是將兩旁的長髮各編起一縷，再用一枚銀釦扣在腦後。同樣的，在場的其他聖騎士也都有類似的髮型和相似的銀釦。那枚銀釦上，必然鐫刻著他們身心效忠的神明名諱。

到這時候，細心的人就會明白他不僅是一名精靈，更是一名獻身給神明的聖騎士。而整個大陸上，信仰自然、不信仰神明的精靈中只出了這一位異類。

「薩蘭迪爾。」

紅龍收回挑剔的目光，慎重地喊出了這個名字。

薩蘭迪爾．以利．安維亞。

安維亞，代表他繼承了精靈樹海最濃厚的血統，是他的血脈歸處；以利，是他被刻下的神明印記，也是他力量的來源。

只有薩蘭迪爾才是真正屬於他的名字，是他三百年前還未離開精靈樹海時，精靈王為他悉心選擇的真名。

是兩百年前他遊歷大陸時，朋友們親切地呼喚無數次的名字。

是一百五十年前他隱居聖城時，被世人傳誦的名諱。

「以利的聖騎士。」

光明神的聖騎士們敬慕地望著他，紅龍們則戒備地望著他，而神侍們好奇地看著他。只有光明聖者注意到，在聽到那個稱呼時薩蘭迪爾眼中一閃而逝的彷徨，它如此快速地掠過，幾乎像是錯覺。

「是的，好吧，的確是。」

當有一天，你發現自己成為了這世界上獨一無二的稀有物種，就不要怪別人總是那樣稀奇地看著你。

薩蘭迪爾喃喃自語了幾遍，算是回應了紅龍的稱呼，然後在眾目睽睽之下，他又問：

「所以紅龍，你試圖用火焰炙烤一個年邁人類的乾瘦軀體，這是巨龍們的新口味嗎？光明聖者烤串？」精靈道，「順便問一句，這樣隨便吃來源不明的肉，不會拉肚子嗎？」

†††

「爸爸。」瑟爾面色嚴肅地道：「我為之前的行為道歉，我不該老是想吃肉，請你把我從樹上放下來吧。」

看見年幼的後裔臉上真摯的情感，精靈王彎了彎嘴角。

「叫我父親。」精靈王說，「那麼，你準備如何道歉？」

「您有些斤斤計較了，父親。」瑟爾道，「坐擁著整個精靈樹海的您，還在意這些嗎？」

精靈王卻說：「這是兩回事，至少你需要表達誠意。」

「好吧。」瑟爾低下頭，「以我的真名發誓，」他咬牙切齒，忍痛道，「我以後不再捕獵，不再背著父親吃肉。」

精靈王聽出了他的不甘，輕笑道：「瑟爾，知道我為什麼不准你吃肉嗎？」

瑟爾沒有說話，但他的眼神已經表達出來了——這還用說，當然是因為你們固步自封，根本不知道肉食的美味了！

雖然心裡這麼想，他嘴上卻道：「因為您想教導我扼制私欲……」

「不。」精靈王說，「因為你吃肉會拉肚子，而被侍女們知道你拉肚子，作為父親的我會很沒有面子。」

瑟爾突然抬頭注視精靈王，想要確定他是不是認真的。

十息之後，門外的侍者們又一次聽見了王與王儲之間爆發的爭吵——第一百零一次——單方面的。

CHAPTER THREE

啟程

紅龍花了好一會兒才明白薩蘭迪爾譏嘲的意思，青筋跳動地怒吼：「精靈，你在惹怒一隻巨龍！」

光明聖者則哭笑不得地看向薩蘭迪爾，希望他能夠平息這場事件。

薩蘭迪爾再度開口：

「那麼你並不是想吃了他，而是想用口臭熏死光明聖者？」

「高貴的巨龍，沒有——口臭！」紅龍暴怒，似乎渾然不覺自己抓錯了重點。

「這一點有待確定。好吧，既然不是。」薩蘭迪爾銀灰色的雙眸注視著紅龍，「那在都伊的神殿、在以利的節日，你對光明聖者張開長滿獠牙的尖嘴，我可否認為——紅龍，你是在向神殿挑釁，並炫耀你的武力？」

紅龍傲慢慣了，正想得意洋洋地說「是又怎樣？」，然而話還沒說出口，就被一股強大到可怕的力量壓倒在冰冷的地面上，體內的骨骼承受不住威壓，發出咯咯的顫抖聲。

另外兩頭紅龍也同時跪地，像是被一座無形的巨山壓住。

在他們面前，薩蘭迪爾手握著一柄長劍。

他還是那個模樣，周圍也並無異樣，然而所有精通神力的聖職者卻可以感覺到，似乎有一股透明的立場聚集在薩蘭迪爾握劍的右手上。

那股強大的力量不是魔法，不是光明神力，卻讓在場的人們心臟被抓緊，幾乎無法呼吸。而在這股神祕力量壓制的中心，紅龍們更是動彈不得。

光明聖者低下頭，低喚了一聲他的神。

如此輕而易舉地被制服，紅龍們錯愕而憤怒，抬起眼睛怒視鎮壓他們的傢伙。

「這不公平！」紅龍吼道，「你在聖城使用神力壓制我，卑鄙！聖騎士，有種去城外和我單挑！」

「這很公平。」冷淡的銀色眼睛回答他們，「你用巨龍的體魄去欺壓凡人，我用神明的力量鎮壓你。」

紅龍的臉都氣紅了，不甘地瞪著他。接著，紅龍看見精靈舉起手中那柄鏽跡斑斑的劍，對準了他們。

那柄劍實在太舊、太破，好像曾被擱置在風雨裡腐蝕，又在某個積灰的角落沉寂了數十年。

難道我就要這樣被殺死了嗎？被一柄生鏽的破劍？紅龍想著，隨即腦袋一痛，失去了意識。

薩蘭迪爾用劍一一敲暈了三頭紅龍，對身後目瞪口呆的聖騎士們道：

「好了，現在可以把不聽話的客人們請去書房了。」

光明聖者鬆了一口氣，上去與他親愛的叔叔對話。

「我可不是什麼來源不明的肉，瑟爾叔叔……」

老人一邊抗議著，一邊和看起來比他年輕了幾十歲的叔叔走向神殿的書房。

廣場上終於有了人們小聲討論的聲音，這一切實在發生得太快、太猝不及防，神僕們也不免感到驚訝。

尤其那位將薩蘭迪爾帶來廣場的神侍，更是張大著嘴看完這一幕，等那一老一小消失在視線中也沒能合攏。

聖騎士們去搬運巨龍了，神侍看到他們好幾個人才能抬起一頭人形的巨龍。而剛才，薩蘭迪爾一個精靈就敲暈了三頭。

神侍想起自己之前對待薩蘭迪爾的態度，身形晃了晃。

「啊，佐伊神侍暈過去了！」

†††

今夜註定是難眠的一夜，對紅龍們來說更是如此。當他們在書房清醒過來時，光明聖者候立在一旁，薩蘭迪爾坐著翻著手中的書。

聖騎士們與神僕們都已退去，此時書房裡只有他們五位。這一次面對薩蘭迪爾，他們不敢動武，只是戒備地盯著他。

「現在，可以說出你們來聖城的理由了。」精靈翻過一頁書。

聞言，紅龍們對他齜牙咧嘴，顯然不願意乖乖地開口。

「雖然我不吃肉。」精靈淡淡道，「但是我正缺一件龍鱗做的皮甲。」

紅龍們齊齊抖了一抖，敢怒不敢言地瞪向精靈。

「咳咳。」

光明聖者咳嗽一聲，適時打破了僵持的氣氛。

「我想。」白髮老人說，「對三位紅龍閣下的小懲戒已經夠了，瑟爾叔叔，他們畢竟是客人。」

「他們還不是紅龍閣下。」薩蘭迪爾抬起頭來看向那三個紅髮的年輕人，「如果他們是紅龍閣下，根本不可能如此輕而易舉地被我制服。彌賽亞，你還看不出來嗎？在我們眼前的是三頭未成年的小龍。」

光明聖者不敢置信地瞪大眼，不僅是他，紅龍「閣下」們也豎起了瞳孔，更加戒備起來。

老人說：「可是他們的龍身如此巨大，人形也是成年的模樣。」

「這點我也很意外。」薩蘭迪爾看向中央的那位紅龍，「什麼時候紅龍也開始學習幻術系的魔法了？」

「這不是幻術！這是偉大龍族的變形魔法！」

「變成成年巨龍去嚇唬人的變形魔法？聽起來真厲害呢。」薩蘭迪爾問，「龍島派來的真正的使者呢？或者說，本來應該帶你們來聖城的成年巨龍呢？如果是紅龍，是叫迪雷爾還是雷迪爾？」

被一語點破真相，紅龍再也顧不得維持變形魔法，只見幾位紅髮青年咻的一聲撤回變形魔法，幾個少年出現在眼前。

光明聖者驚訝地看著這一幕，薩蘭迪爾卻早有所料。這些未成年的紅龍中最年長的那一個，如今看起來也不過是人類少年十五六歲的模樣。

紅龍雷德焦急地道：「你知道迪雷爾叔叔在哪裡嗎？他帶我們離開龍島、跨越白海來找你，可還沒越過白海，他就不見了！」

另外兩個更年幼，看上去只有人類十二三歲模樣的紅龍重複道：

「是啊是啊。」

「迪雷爾不見了。」

「我們找不到迪雷爾。」

「所以我們來找你。」

「可是你竟然如此對待偉大的巨龍。」

「你這個邪惡的精靈！」

薩蘭迪爾沉默地聽著兩個年幼的紅龍嘰嘰喳喳，半晌，他轉向光明聖者彌賽亞。

「光明神殿缺紅龍坐騎嗎？送給你們，一頭抵我一百年的房租。」

光明聖者沒有興致應付薩蘭迪爾的玩笑，他苦笑一聲：

「事情嚴重了，叔叔。巨龍竟然會讓未成年的幼龍離開龍島，現在更有一頭成年的巨龍莫名失蹤了，我們應該儘快查明龍島和巨龍們出了什麼事。」老人看著窗外陰暗深沉的連綿夜色，嘆息，「真希望這不是不祥的預兆。」

薩蘭迪爾沒有回答，站起身，和老人一起望著還沉浸在狂歡節氣氛中的聖城。

夜色深沉，整座聖城卻燈火通明，在為那位傳說中的神明慶祝。他們讚美以利，渴盼至高之神的降臨。然而薩蘭迪爾知道，以利的降臨並不意味著什麼好事。

兩百年前，以利曾經降世，收下最後一名信徒。而在那之後的五十年，世界一片動盪。

灰矮人再起戰爭，大陸生靈塗炭，雖然最終人們擊敗了這些邪惡生物，並將他們逼退至惡魔深淵，卻為此付出了數百萬生命作為代價。

火神與水神神殿在戰爭中更是風雨飄搖，兩位神靈接連墜落，神座更換了新的主人。

在大陸上遊歷的精靈也損失慘重，不得不集體退回西方，這兩百年來，中央大陸幾乎再也見不到他們的蹤影。

薩蘭迪爾就是在這一片紛亂之中成為了有史以來第一位，也是唯一一位以利的聖騎士。

以他永遠不曾想過的代價。

他曾經希望以這份力量阻止一切發生，然而最終卻如同失敗者，蜷縮於聖城。

而現在，另一個新的徵兆出現了，他又能做些什麼呢？

額頭上，以利的印記在隱隱灼燒，似乎能聽見那位傲慢又偉大的眾神之神清冷的嘲笑。

薩蘭迪爾低頭，看向手中的劍柄。

「所以，你們也不知道族裡長輩為何要來找薩蘭迪爾？」

「我們不知道啊，是迪雷爾叔叔帶我們出來的。」

「龍島上的其他巨龍呢？」

光明聖者正在向年幼的紅龍們詢問，卻聽到旁邊傳來一聲撞擊劍鞘的輕響。他抬起頭，只見薩蘭迪爾正緩緩從劍鞘中拔出長劍。

那柄鏽跡斑斑的劍已經看不出曾經華美的紋路，此時卻異常閃耀，由它發出的聖光遍布了整個房間。

「他在做什麼？」紅龍們好奇地問，「那柄劍？」

「噓。」

光明聖者示意他們安靜，他看向薩蘭迪爾的眼神複雜，似是畏懼，似是讚嘆。

「他在向他的神明求問。」老人說。

——向以利。

†††

狂歡節提前結束了，毫無預兆地。

原本按照傳統，節日應該持續三天三夜。然而，前天晚上喝醉的人們第二天醒來後，卻被都伊的神僕們告知狂歡節已經結束，伊蘭布林城要加強戒備，所有無關人士都必須在三天內離開這裡。

沒有人知道發生了什麼，有人猜測或許和來自龍島的客人有關，畢竟紅龍們大搖大擺地進城的時候，可一點都沒有掩飾。然而，沒有任何人能預料到以提前結束的以利的狂歡節為預兆，一系列異變將在整個大陸上掀起風波。

察覺到風險、想出城的人排起了長龍，達官貴族們也列在其中，然而在伊蘭布林城，但是沒有人會因為你世俗的地位而放寬重要的關卡檢查，王孫貴族也得乖乖排隊。

當然，凡事總有例外。

當車窗外響起陣陣疾馳的馬蹄聲的時候，坐在馬車裡的貴族太太、小姐們，好奇地挑起了車簾。

「喔，看啊，是一隊聖騎士！」

一隊只有十人左右，披著銀甲、騎著黑馬的聖騎士從內城策馬而出。守門人遠遠地看到他們，為聖騎士們打開了專用的側門。聖騎士們連一息都沒有等待，魚貫而出，片刻便消失在還在排隊的人們眼中。

然而，沒有人為此感到不公平。在都伊的聖城裡，都伊的聖騎士們享有特權不是理所應當的事嗎？

有幸目睹聖騎士們的一位少女興奮地道：「天啊，看看他們！聽說神明們挑選聖騎士時都是選最強壯、最年輕，也最英俊的戰士！尤其是光明神殿的聖騎士，都是金髮的美男子。」

「喔，得了吧。」她的兄長不屑地道，「實力才是最重要的，不要把妳們女孩的妄想加諸其上了。」不過他又好奇地道，「不過，光明神殿的聖騎士都是金髮，這是從哪裡傳來的謠言？」

女孩說：「因為偉大的光明神就是金髮，所以他選擇的聖騎士也都是金髮，這是我的好姊妹閱遍大陸上所有關於光明神殿聖騎士的書籍後告訴我的。」

「是嗎？那些書籍必然不真實，我剛才在聖騎士的隊伍裡，看到了一個紅髮的小子。」

「哥哥，恐怕是你被太陽亮到眼花了吧。」少女笑道，「聖城內的聖騎士全都是金髮，我親自去看過。好吧，有一位例外，你知道的，聖城內那位隱居的大人。」

於是她的兄長開玩笑道：「那說不定我看到的就是那一位呢？」

少女差點沒保持住淑女的禮儀，對她的兄長翻了一個白眼。

「就算是那一位大人，也不可能是紅髮。」她語氣崇敬地道，「我看過《遊記》，那位大人的頭髮可是七彩的呢。」

†
†
†

遠離聖城的佇列中，領騎的薩蘭迪爾往後看了一眼某個正在偷笑的紅髮小傢伙。

「你笑什麼？」

「我在笑，為什麼我沒有看到某人有七彩的頭髮。」

紅龍雷德化作人形，與薩蘭迪爾一同混在出城的聖騎士隊伍之中。他與薩蘭迪爾都有著出眾的五感，對不遠處的一舉一動都能感應到。

「是嗎？」薩蘭迪爾淡淡道，「或許我可以讓你親自體會一下七彩長髮是什麼感覺。」

雷德連忙住了嘴。

同行的聖騎士們並沒有他們這麼敏銳的五感，但這也不妨礙他們加入話題。其中一位有著淺金髮色的聖騎士道：「說起來，在沒見到薩蘭迪爾大人前，我也以為您的頭髮是七彩的。」

「是什麼讓你們有了這樣的誤解？」薩蘭迪爾面無表情地道，「世上除了品味惡劣的惡魔，你見過哪一個生物有那樣難看的髮色？」

那位聖騎士訕訕笑道：「因為我們都沒見過您。」而《遊記》裡是那麼寫的。

「至少你們見過精靈。」薩蘭迪爾說。

「可您又和他們不一樣，您和任何人類、精靈以及其他智慧生物都不一樣。」聖騎士說到這裡，又偷偷朝薩蘭迪爾的披風下看了一眼，似乎在打量他是不是真的有七彩的長髮。

薩蘭迪爾決定回去以後，一定要找出散播謠言的罪魁禍首。

都伊神殿內，正在為這場遠行祈福的光明聖者突然打了一個噴嚏。

一個小小的插曲過後，他們繼續趕路。

自從昨晚做出決定以後，薩蘭迪爾連夜準備，帶著光明神殿的十名聖騎士以及小紅龍雷德，於今早離開聖城，一路向西方前進。

直到伊蘭布林城消失在地平線盡頭，夜幕降臨又重新迎來朝陽，他們已經行進了一天一夜，卻沒有停下休息過一次。

「我們要去哪裡？」雷德終於忍不住發問。

他被薩蘭迪爾帶出來，卻連這次出行的目的地都不知道。

「你說要帶我去找迪雷爾叔叔，你知道他在哪裡嗎？」

這是個好問題。

騎在馬背上的薩蘭迪爾想起昨天自己向以利詢問後得到的回覆。於是心情不佳的他，幾乎一字不差地，用毫無起伏的語調回答雷德：

「喔，親愛的，你為什麼不自己動腦子想想呢？」

偉大的、獨一無二的至高神以利這麼回答自己的聖騎士。

光與暗之詩
DEAR MY THRANDUIL

CHAPTER FOUR

梵恩城

雷德整整兩天沒有理睬薩蘭迪爾。

在這期間，他們翻越了一座平原，跨過了從惡魔深淵延伸到大陸的大裂谷，越過了艾西河的支流，直到他們抵達第一個目的地，薩蘭迪爾都沒有察覺到紅龍少年在單方面和自己鬧彆扭，相反地，他覺得耳根清淨了許多，於是雷德越發氣悶。

終於，他們來到了一座人類的城市，可以結束數日的風餐露宿。

雷德好奇地打量著周圍的一切，這當然不怪他，即便在如今中央大陸上眾多的人類城市之中，眼前這一座也很特別。

這是梵恩魔法學院所在的城市，前者是大陸上唯一一所全部都是法系職業者的學院。而在這座聞名大陸的魔法學院裡，有薩蘭迪爾想要找的預言系法師。

以利不是讓他自己去想辦法嗎？所以薩蘭迪爾來找預言系法師。他相信，如果這座大陸上真的會發生什麼事，那些占星塔裡的古怪老傢伙一定是第一個知道的。

然而薩蘭迪爾沒想到的是，他們在城門口就被衛兵攔了下來。

聖騎士們安靜地騎在馬上，此時他們已經換成了普通職業者的裝束，戴著兜帽的薩蘭迪爾在他們中間並不起眼。

他們沒有說話，但雷德似乎可以感受到一股沉重的氣氛正在他們之間流轉。

城門口的守門士兵對所有被攔下來的人，說道：「我不在乎你們是什麼身分，在這裡，在梵恩城，人人平等，所有進城的職業者都得接受檢查。現在，要嘛交出你們的武器暫時扣押，要嘛每人支付五個銀幣作為擔保金，你們可以帶著武器進城。」

相比起前者，顯然後者才是他真正的目的。

一些被攔下來的職業者面色憤怒，似乎想要動武。

「這是什麼新規定，我們上次來的時候還沒有！」

「你們這些吸血鬼！」

「啊哈！你們想在梵恩城鬧事嗎！」守門士兵哈哈笑道，指向身後不遠處的魔法高塔，「如果不怕被法師大人們扔到龍島，就拿出你們的武器吧。」

雷德朝天白了一眼，他們龍島才不要這些沒用的人類呢。

強龍壓不過地頭蛇，來梵恩城的職業者並不打算鬧事，他們大都是有求於城內的法師，更不敢在此招惹麻煩，於是大多數人只能忍氣吞聲，交出了銀幣。

「做好登記。」守城的士兵道，「交出五枚銀幣，你們就可以進城了。」然後他把目光轉向這一群偽裝自己身分的聖騎士們，哼哼道：「到你們了，大塊頭。下馬，交出武器，或者銀幣。」

氣氛一下子僵持起來。

眾所周知，每一位聖騎士的劍，都是從他還是一名騎士侍從時就打造的，劍就等於他們的另一條生命。想讓一名聖騎士放棄他的劍，除非讓他死亡。

雷德好奇地看著，難道聖騎士們也會用銀幣來贖回自己的武器嗎？

就在這時，噠噠噠——一輛裝飾華麗的貴族馬車從城外駛了過來，守城士兵們立刻恭敬地向馬車行禮。馬車沒有停頓就進了城內，顯然車內的人沒有接受任何檢查，也沒有士兵要求他們交出武器。與那輛馬車比起來，被攔在城門外的薩蘭迪爾他們成了眾人目光的焦點。

對於這明顯的差別待遇，雷德挑挑眉。他不知道那些看似冷靜的聖騎士們怎麼想，反正要是他，早就把這些傢伙用龍息烤熟了。同時，他也不明白是什麼給了這個人類士兵勇氣，讓他膽敢為難一群職業者。要知道，比起普通人類，已經開始鍛造自己肉體和精神的職業者們，都有一般人難以抗衡的力量。

未成年的紅龍對人類社會瞭解得還是太少，不明白賦予士兵們膽量的，並不是某個具體的個人，而是他們身後宛如巨獸，吞噬一切的世俗權力，也就是這座城內的主宰者——貴族與法師們。

梵恩城是一座法師之城，它是除了聖城之外，擁有最多職業者的一個城市，更是法系職業者的天堂。在這一座布滿法師的城市裡，貴族代表著金錢與權力，法師們象徵著力量，兩者往往相輔相成。任何想要在梵恩城鬧事的人，都要在這兩者面前掂掂自己的分量。

現在，隱藏身分的聖騎士們該如何應對呢？或許他們該乖乖交出銀幣？

「命令進城的職業者交出武器？」

就在雷德猜測時，聖騎士們已經做出了回應，或者說，是薩蘭迪爾做出了回應。

他拉了一下韁繩，胯下駿馬向前踱了兩步。將自己的面容隱藏在兜帽的陰影之下，精靈問：「這是梵恩法師議會新公布的行政令？法師議會九位元老都已經簽字同意了？」

「那、那當然！」守城的士兵首領噎了一下，立刻回答。

精靈繼續在兜帽下發問：「我可以知道這是第幾號行政令嗎？職業者們用來擔保武器的銀幣又是流向何方？它們會落到法師議會手中，還是說……」他看了眼那名士兵，「——被你身後的主人侵吞？」

守城士兵滿臉漲紅：「這是梵恩城的行政令，我不能向你一個外人洩露機密！總之，進城就得交出武器！或者交出銀幣！」

「你在要求我們遵從你的規定，士兵。」薩蘭迪爾說，「首先你得證明這個規定是合法的。否則，我有理由認為，你在以虛假的行政命令故意刁難入城的訪客，並圖謀以某種不光彩的手段侵吞法師議會的收入。如果你有意見，我們可以將向法師議會公開申請裁決，讓他們查查是否真的有這道行政令。」

守城士兵面色蒼白。

當然沒有什麼行政令！這只是一個賺取金錢的手段而已，他們是仗著那些高貴的法師大人們在忙一件大事、無暇分心，才會做這種事。只要再等一周，等賺夠足夠的錢，他們就會停止耍這個小手段，到時候法師們也不會知道這麼一件小事，即便事後被人發現了，上供一些收入就可以糊弄過去。可是現在，如果在這個時期鬧出大事，打擾到法師們……

士兵流出一身冷汗。

「你在威脅我。」士兵咬牙切齒，看向兜帽下的薩蘭迪爾。

「所以現在，出示你口中的行政命令，或者讓我們入城。否則，也許我可以幫你去問問法師們這是第幾道行政令。」薩蘭迪爾甩了甩馬韁。

他身後的其他職業者站在後面，見狀，同樣大叫著。

「是啊，小子，你不敢嗎？」

「你想訛我們的錢，卻不敢為自己證明嗎！」

「他果然是個騙子！我們去找法師們問清楚真相！」

眼看場面就要失控，守城士兵狠狠咬了咬牙，不得已指揮其他人讓開通道。職業者們歡呼起來，一擁而入，有人在路過聖騎士隊伍的時候，還十分友好地對他們打招呼。

「你們會為今天的事得到教訓的。」在薩蘭迪爾他們路過的時候，守門士兵狠狠地道。

薩蘭迪爾根本沒有看他一眼。

順利進城之後，雷德看著薩蘭迪爾，又回過頭看還在原地狠狠瞪著他們的士兵，問：「你怎麼知道梵恩城真的沒有這道行政令，是那個士兵故意刁難我們？」

在與薩蘭迪爾連續賭氣好幾天後，好奇心終於讓雷德忍不住率先開口說話。他感覺到薩蘭迪爾隱藏在披風之下的銀色眼睛一閃而逝。

「我脖子上的東西可不是擺設。」薩蘭迪爾看了他一眼，就策馬走到隊伍的最前方。

雷德在原地愣了三秒，許久才明白自己又被嘲諷了，關鍵是薩蘭迪爾還沒有回答他的問題。這時候，之前與他搭過話的聖騎士艾迪走過來，拍了拍他的肩膀。

「其實你也該習慣了。」艾迪聳了聳肩，「即便他現在多出一個梵恩城法師議會元老的身分，我也不驚訝。」

薩蘭迪爾一行人就這樣以普通職業者的身分進入了梵恩城。按照他的設想，聖騎士們將扮成傭兵在城內搜集消息，而他自己會偷偷潛入梵恩學院尋找占星師，一切都會很順利。

然而，精靈的預想被一頭龍打破了。

意外發生的時候，他們進城還不過片刻。

「我真的不知道！」

面對薩蘭迪爾苛責的眼神，雷德悶悶地吼道：「我看見那個小孩跑向艾迪，還以為他要襲擊艾迪，才會抓他一把！」

他納悶地看向艾迪懷中，抱著手臂慘叫的孩子。

「我哪知道人類的孩子這麼脆弱！」

他們在大街上，因為雷德捏斷了一個人類乞兒的手，引起了乞兒的哀嚎和路人的注意。如果不是艾迪擋了一下，雷德捏斷的將會是這個孩子的脖子。

艾迪苦笑道：「這只是一個行乞的孩子，雷德。」他看著懷中痛苦呻吟的乞兒，面露不忍。

「可是我剛才真的感覺到……」

薩蘭迪爾打斷了紅龍的辯解。

「那個孩子怎麼樣了？」

圍觀的人也在竊竊私語。

「一個乞兒被職業者打傷了。」

「天啊，這個傷勢！城內可沒有牧師，他的手肯定保不住了！」

「我看命也保不住了，流這麼多血……」

薩蘭迪爾看著被人議論而身形僵硬、面色通紅的聖騎士們。作為光明象徵的都伊聖騎士們，或許從來沒有遇過這麼難堪的情形。尤其是艾迪，他抱著懷中失血過多的乞兒，掙扎地看向薩蘭迪爾：「他的狀況很不好。大人，我可不可以……」

他沒有說下去，薩蘭迪爾卻知道他要說什麼。

信仰善神，尤其是信仰都伊的聖騎士們，都近乎苛刻地錘煉著自己的品行，他們不允許自己踏錯一步，更何況是正看著無辜的人因為自己而遭受痛苦。要是阻止艾迪救這個孩子，就等於是讓他的信仰蒙上陰影。

精靈嘆了口氣。

「可以。」

艾迪歉疚地看了他一眼，同時卻也深深地鬆了口氣。

「是我的錯，大人，我願意承擔一切後果。」

「不是你的錯。」薩蘭迪爾道，「使用治療術吧，艾迪。」

雷德聽著他們宛如在討論一件無可挽回的過錯的語氣，不解道：「怎麼了，不就是使用一個治療術嗎？」

然後他聽見了驚呼。

圍觀的人們看著手中釋放出神術的艾迪，紛紛發出驚嘆。

「天啊，那是……！」

他們看向這一群偽裝身分的聖騎士，目光中既有好奇，也有敬畏。

雷德不懂為何人群變得更加騷動。

幾乎在艾迪使出神力的同時，梵恩城上方有一道光暈從隱形的防護魔法上畫過，傳向城市四角的法師塔。

薩蘭迪爾注視著那道光暈，一縷在陽光下近乎淺白的銀髮從兜帽下滑落出來。

「好吧。」他說，「現在全城的法師們都將知道，有一隊聖職者進城了。」

光與暗之詩

DEAR MY THRANDUIL

CHAPTER FIVE

騷動

夜幕低垂。

路邊的魔法街燈一盞一盞亮起，串通整座城市，彷彿為它點綴上串串寶石項鍊。

如果此時有人從上方俯視，便會發現這些縱橫交錯的路燈似乎構成了無數個圖形複雜的法陣。而在梵恩城的四方角落，四座高聳入雲的法師塔正為這些法陣提供源源不斷的能量。

這些潛藏在街燈中的法陣平時只會用來警戒，今天卻有了別的用處。

比如說，尋人。

一隊都伊的聖騎士潛入了魔法之都梵恩，這個消息在片刻之內便傳遍整個梵恩的法師圈，並讓法師們飛快地丟下手中的其他事，去尋找這些「聖光的小羔羊們」。

雖然這群神祕的聖騎士迅速隱匿了蹤跡，但是法師們相信，他們早晚會找到這些迷途的羔羊。直到晚上的聚會，許多人對此仍津津樂道，聖騎士們的蹤跡成了最受人關注的話題。

「聽說足足有兩百個聖騎士潛了進來。」

「胡說吧，都伊只有一百多個聖騎士，哪有兩百人。」

「不只是都伊的聖騎士，還可能有火神的聖騎士，因為我的水晶感應到了一個紅頭髮、渾身冒著火焰元素的傢伙。」

一名幾乎有些瘋狂的法師道：「我能洞窺到真相，這些神明的奴僕們一定是來攻打梵恩城的。他們要來驅逐我們，這些該死的神明奴僕！我們要抵制他們的入侵，抵制聖光，戰鬥到最後一刻！」他激動地揮舞著雙手，因此帶動法袍，在空氣中發出簌簌的聲音。

旁邊一個法師退後一步，遠離他一點，側身道：「我看應該先抵制這個傢伙，就因為這幫激進派，導致現在城裡一個牧師都沒有了。你知道嗎？」他對自己的同伴眨眼，「就是因為沒有牧師及時治療，這幾年做實驗時，被自己炸死的蠢貨們增加了兩成。要我說，怎麼不把這些激進派全炸光呢？」

他的同僚深以為然。

另一邊，同樣有人激動地道：「我活了這麼多年，第一次有機會看到這麼多聖騎士。喔，雖然我現在還沒有看見他們，不過這是一個機會，也許我可以和他們商量一下，只要一點頭髮和血液，我就可以完成一個完美的實驗。」

「親愛的，我覺得比起收集組織細胞，讓他們對我們施展神術不是更好嗎？這樣我們可以親身體會一下神術與魔法不同的循環體系，今年的論文就有新的素材了。」

「你說得對！聽說都伊的聖騎士有混亂神志的神術，不知道它對我的大腦有沒有用？」

當然，比起這些興奮的傢伙，還是有不少法師們保持冷靜。

「區區數名聖騎士，就讓世界上最引以為豪的大腦們都陷入了瘋癲。」

角落裡圍坐著幾名安靜交談的法師。聽到周圍的動靜，其中一人舉起酒杯，「敬都伊，看來他只要再派一個團的聖騎士來，就可以覆滅整座梵恩城。」

「伯西恩，你說這句話就太刻薄了。」旁邊有人笑道，「大家只是好久沒見到聖騎士，一時興奮而已。畢竟聖職者們不愛拜訪梵恩，上一次梵恩城內出現聖騎士，還是一百五十年前應對魔潮，攜手作戰時。」

這句話說得有一定的道理，聖職者們都有各自虔誠信仰的主神，而聚集了一堆無信者和瘋子的梵恩城，在他們眼中就是蠻荒之地，不願踏足。

「是嗎？」酒杯的主人問，「那這些聖騎士為何偏偏在這時出現在梵恩？在我們即將和南方定下協議的時候。」

看著周圍面露思考神色的同僚們，法師又輕笑了一聲。那笑聲像是一簇冷風，讓其他法師覺得寒風刺骨，更覺丟了臉面。

「伯西恩！」有人忍不住道，「你這樣說，難道是懷疑有人洩露了消息？就算你這麼懷疑，誰又能逃過三位大法師親自布下的禁言法術，向外洩露情報？」

另一位法師附和：「是啊，不過幾名都伊的羔羊而已，他們未必知道我們在做什麼。就算知道，聖職者們也不能干預梵恩城的內政。無論他們是光明神，還是火神、水神或其他神明的聖騎士。」

「沒必要如此大驚小怪，顯得好似我們畏懼他們一般。即便他們非要不自量力，干涉梵恩城的內務，我們也不是不能對付幾名聖騎士。」

幾名法師紛紛附和。

說到底，他們只是覺得難得出現在梵恩的聖騎士們很稀奇，就像珍貴的實驗品，卻未必覺得這些意外出現的聖騎士能干擾他們正在進行中的某個計畫。

被喚為伯西恩的黑袍法師看向眼前這些自詡智慧強大，外表體面高貴的同袍們，聽著他們侃侃而談，言談中渾然不將神明和侍候神明的聖職者們放在眼中。他眼波流轉，似乎可以穿過那些華貴長袍，看透法師們那傲慢又偏執的靈魂，就如同他自己。

他的手指撫過杯沿，沙啞低沉的聲音從喉嚨中溢出。

「如果，來的不是一般的聖騎士呢？」

因為這一句話，全場瞬間寂靜無聲，好像有誰施展了一個靜音法術。許久，才有人低低出聲：

「你在指什麼，伯西恩？」

握著酒杯的黑袍法師抬起頭，照明魔法散發出來的幽幽光焰正好投映在他的臉龐上，顯得那張蒼白英俊的面容更加冷漠。

他有些嘲諷地勾起嘴角，將酒杯放下。

「一周之前，一名『我們都知道他是誰』的聖騎士離開了伊蘭布林。」

他黑色的眼睛看向周圍的法師們，欣賞著他們因為驚訝和恍然而逐漸扭曲的表情，心裡因此獲得些微負面的滿足。

「正如你們所說，這是一百五十年後的第一次。如果消息確鑿，那麼你們有想過嗎？這位大人物，為什麼偏偏要在這時候來梵恩？」

沉默如瘟疫一般蔓延，潛藏在其中的更是人們不願意相信的真相。

「你知道自己在說什麼嗎？」一位老者警告，「不要用無根無據的謠言為梵恩帶來陰影。」

看他們如此頑固，黑袍法師索性起身，推開身後的那扇大門。

「儘管相信你們願意相信的，然後裝聾作啞吧。」

他離開了，門輕輕合上，屋內卻寂靜得可怕。耳邊，不遠處其他法師激烈的爭論依舊斷斷續續地傳來，而黑袍法師剛才帶來的消息徹底震懾了他們的心神。

「馬上！」許久，一位法師失態地站了起來，「通知……」

「通知所有有資格列席的人。」

坐在眾人之中，從頭到尾沒開過口的白髮大法師終於開口。他一出聲，在場的其他法師像找到了重心一樣紛紛望向他。

這位德高望重的大法師沉聲道：「立即召開議會。」

一片寂靜，少傾，有年輕的法師看向他，擔憂地問：「會是……會是那一位嗎？閣下。」

「我也不知道。」大法師嘆了口氣，渾濁的雙眸似乎在回想什麼而微微閃動，「畢竟一百五十年，對人類而言，實在太久遠了。」

一百五十年，足以讓一個王朝覆滅，也足以讓一段冒險變成吟遊詩人口中的傳說。

在場的法師們，又有幾人不是聽著那些傳說而長大的呢？

†††

精靈究竟多大年紀了？

雷德最近在思考這個問題，這當然不是因為他很閒。

好吧，他的確很閒，自從昨天惹出那個小小的麻煩並被喝令禁足以後，沒地方打發時間的紅龍只能悶在屋子裡想一些無聊的小事。

比如說精靈的年紀，比如說他是如何獲得以利青睞的，還有那些《遊記》裡的故事都是真的嗎？他那些傳奇的冒險故事、那些曲折離奇的經歷。

因為偏袒壽命短暫的人類而被西方精靈樹海驅逐出族群，誰會做出這麼蠢的事？

紅龍偷偷地打量坐在客廳裡的薩蘭迪爾，滿眼都是好奇。

正在擦拭那柄腐朽長劍的薩蘭迪爾若有所感，抬頭看了他一眼。那眼神中帶著警告，讓紅龍心中一緊，又下意識地起了反骨。

「你沒看出來嗎？」聖騎士艾迪連忙拉住紅龍，壓低聲音道，「薩蘭迪爾大人今天心情不好，還是別去招惹他吧。」

「心情不好？」

雷德狐疑地看過去，很難從薩蘭迪爾那張萬年不變的臉上看出什麼。

「是因為我？」雷德小心道。

「我想，或許還是因為我吧。」艾迪苦笑。

因為昨天不得已使用神術，觸動了梵恩城內的警戒法陣，他們已經暴露了身分。雖然及時離開了現場，但是被滿城的法師們找到住所只是早晚的事。最關鍵的是，他們來梵恩城的目的還沒有實現，天知道出了這麼一場意外後，他們還能不能順利完成目的。

薩蘭迪爾也是這麼想的。

事實上，他今天的確心情不好。不僅是因為暴露了身分，更是因為他今天才想通了一件事。

這支為了調查巨龍迪雷爾失蹤事件臨時組成的小隊中，有十名戰鬥經驗豐富的聖騎士、一隻實力強大的巨龍，還有就是「你知道他是誰」的薩蘭迪爾自己。看起來戰鬥力強大，但如果按照另一個標準來算，卻不過是——十名不通人事，只知戰鬥的聖騎士、一隻不諳世事卻滿身都是珍貴材料，彷彿在說「快來砍我啊」的巨龍孩子，再加一個「所有人都知道他的底細」的薩蘭迪爾。

以這個陣容去和梵恩城的法師們勾心鬥角，還沒開始就能知道結果了。雖然他可以直接使用蠻力，但薩蘭迪爾並不想在這座城裡冒然動武。

這樣一來，想要接近預言系法師的難度又增加了許多，因此薩蘭迪爾心情越發不好。如果不是巨龍迪雷爾失蹤一事給他不祥的預感，讓他只想儘快查清此事，否則他也不願這樣冒險、直接前來梵恩城，以至於現在引發了這樣的騷動。

再這樣下去，法師們很難會放過他們。一旦連他的身分都暴露了，只會引起更大的……等等。

薩蘭迪爾突然停下了思考，停留在一處的目光在周圍的人臉上逡巡，眼中有光芒一閃而逝。

既然事情已經這樣了，為什麼他不換一個思路呢？

「艾迪。」薩蘭迪爾突然出聲，「昨天那個受傷的孩子，傷勢如何？」

艾迪連忙道：「他還在休息，已經好了一些，大人。」

精靈點點頭：「這裡沒有專職負責治療的牧師，我想，簡單的光明神術還不能完全治好那個孩子，我們需要外出一趟、購買一些藥材。」

其他聖騎士聞言也看了過來，年長一些的聖騎士小隊長伊馮道：「但現在滿城都在搜尋我們，外出的話，豈不是會暴露蹤跡嗎？」

薩蘭迪爾反問他：「即便不外出，你認為我們還可以在法師的搜查下躲多久？」

洛倫佐有些為難：「如果……沒有我們拖累您，只有您自己，應該不會被他們找到。」

都伊聖騎士們的聖光屬性實在太耀眼了，薩蘭迪爾敢肯定，只要眼前這幾名金髮的聖騎士一離開這個被他庇護的小屋，立刻就會被狂熱的法師們發現並團團圍住。

他們在整個大陸都引以為傲的特徵在此時卻成了拖累，聖騎士們為此覺得很難堪。

薩蘭迪爾卻冷酷道：「是啊，如果沒有你們拖累，我一個人會好辦很多。」

聖騎士還沒說話，紅龍先不可置信地道：「你這個傢伙難道要拋下我們，一個人逃跑？」他看向周圍的聖騎士，「就算是我們紅龍也不會這麼沒義氣，喂，你們確定還要為他賣命嗎？」

「事實上，麻煩就是你惹出來的。我們四處奔波，也是為了找另一頭莫名失蹤的紅龍。」薩蘭迪爾冷道，「你們這些有義氣的紅龍，還真是幫了大忙啊。」

雷德面紅耳赤，正想上去與薩蘭迪爾據理力爭、維護一下巨龍的威嚴，薩蘭迪爾卻不願意再理他，走到窗邊觀察街上的情況。

遠處的法師塔依舊不分晝夜地散發出熒熒之光。如今是白天，魔法街燈的光芒不太顯眼，但是薩蘭迪爾可以肯定，那些法陣肯定依舊在運作。他低頭看了一眼，看到一朵長在縫隙間，都快被雷德拔光的野花。

足以想見，這隻紅龍有多無聊了。薩蘭迪爾回頭看了一眼，似乎做出了決定。

「喂，小龍，你想不想出去走一走？」

雷德和正抱住雷德的艾迪都是一愣，只見站在窗前的精靈回過頭，手裡不知道拿著從哪裡順來的傳單，正一字一句地念著傳單上的廣告。原本熱情洋溢的廣告詞，被他用平板無波的語氣讀出來，有種說不出的古怪。

「歡迎光臨大陸上唯一一座法師之城——梵恩，在這裡，魔法的威能日夜不息，奇妙的事物無處不有。先生們，來個梵恩城一日遊怎麼樣？」

光與暗之詩

DEAR MY THRANDUIL

CHAPTER SIX

名字

白天的梵恩城，從遠處看就像一個奇形怪狀的魔法怪物。

這裡充滿了法術的產物，煉金系法師製作的怪車和飛船不分日夜地在陸地和天空巡遊。四座突出的法師塔，像是這個怪物的四個犄角，為城市提供能源和保護。遍布魔法陷阱的城牆則是這個怪物的軀幹，而它的心臟，毫無疑問是坐落於城中央的梵恩魔法學院。

這座學院的名聲傳遍大陸，從達官貴人到街頭乞丐，從最神祕的西方樹海到最危險的東方深淵，無人不知，無人不曉。梵恩魔法學院名聲顯耀，但只有兩種人能長久地待在這座學校裡——有錢的貴族，或者有天賦的法師。

然而聰明人明白，前者只為學院提供物質供養，隨時都可以替換，後者才是學院的精神與靈魂，不可代替。

此時正是上課時間，學院的小幼苗——法師學徒們都乖乖坐在教室裡。然而原本應該安靜的走廊，突然被一連串急促的腳步聲打破。

「大消息！」阿奇．貝利如一陣旋風衝進教室，大喊：「以利在上，天啊，我不敢相信——」

興奮的聲音戛然而止，尾音還飄蕩在走廊，前奏卻被教室內冰冷的氣息凍住。

「你不敢相信什麼？阿奇．貝利。」端立在講臺前的黑袍法師看著他，「大呼小叫地闖進我的課堂，也許你已經準備好了合理的解釋。又或許，你只是沒有帶腦子。」

法師那雙如黑曜石般的雙眸，在阿奇．貝利布滿汗水、一陣紅一陣白的臉上滑過，似乎覺得滑稽。

阿奇．貝利咽了一下口水，感覺冷汗像爬行動物一樣在背脊上緩緩蛇行。

「伯、伯西恩老師……」

「我不叫伯伯西恩，我也不記得自己什麼時候有一個曠課、遲到，還隨意擾亂課堂秩序的學生。」黑袍法師冷聲道。

阿奇．貝利震驚一下，心裡大叫不好，果然下一秒，他就聽見講臺上的冷面法師說：

「這學期的魔網基礎，你不用再來了。」

猶如被巨鐘砸中，腦袋嗡嗡作響，阿奇．貝利的腦中只浮現出三個字——完、蛋、了！

伯西恩掃了他一眼，繼續授課。他清朗的聲音講述著魔網基礎理論，講臺下的法師學徒們認真聽課，沒有人敢再去偷看倒楣的阿奇．貝利一眼。

直到熬到下課後，黑袍法師收拾教材、離開教室，沮喪的阿奇．貝利才被一群法師學徒圍在中間。他們安慰著他剛剛被直接當掉的苦悶，同時更好奇他這麼莽撞的原因。

「你竟然敢翹掉魔鬼伯西恩的課，又直接闖入他的課堂，阿奇，我簡直不敢相信你做了什麼！」一位鼻子上長滿雀斑的男學徒問。

「什麼魔鬼？伯西恩老師知識豐富又有涵養，明明是你們屢教不改，才會被老師懲罰。」聽到這句話，另一個紅髮女生忍不住駁斥，一些學徒們應聲附和。

看來在這個教室裡，對黑袍法師的態度分為兩派，一派是害怕畏懼，另一派則是尊敬崇拜。

眼看兩方又要爭論起來，阿奇．貝利連忙道：「等等，朋友們！你們是不是忘了一件事？現在要討論的不是我們的伯西恩老師究竟是天使還是魔鬼，而是我為什麼遲到吧！」

「的確。」紅髮女學徒道，「讓你敢翹掉伯西恩老師的課，那一定很重要。不要賣關子了，快點說吧。」

面對一雙雙渴望真相的眼睛，阿奇．貝利總算打起了一點精神。

「事情是這樣的，今天早上祖父大人突然接到召開元老會議的緊急通知，收到召喚時，祖父的臉色都變了。你們要知道，幾十年前，他迎戰一整個南蠻軍團都沒有如此不冷靜過。」

「不要再跟我們炫耀你的祖父了。我們都知道貝利大法師的光榮事蹟，快點說重點！」

「重點就是，我很好奇是什麼事讓他如此驚訝，於是在祖父前往會議圓廳時，施展了一點小技巧偷偷跟過去，然後，」阿奇．貝利故意停頓了一下，「你們猜我看到了誰？」

「看到了誰？」

法師們都是一群好奇心旺盛的動物，學徒們也不例外。

「一群聖騎士！」阿奇．貝利說。

有學徒失望地道：「這不是大新聞，我們早就知道有聖騎士來梵恩了。貝利大法師當年不是在聖城和一整團的聖騎士對峙過嗎？區區幾名聖騎士，也不需要如此少見多怪。」

「是不需要。」紅髮女學徒冷靜道，「所以阿奇肯定還看到了別的什麼。」

她看向賣弄關子，得意洋洋的阿奇．貝利說：「就是這個『別的什麼』，讓你寧願被伯西恩老師處罰也要翹課；也正是這個『別的什麼』，讓貝利大法師顏色大變，失了分寸。」

「妳真聰明，安朵！」阿奇．貝利道，「但是我敢保證，即便是妳，也不能相信我看到了誰！」

周圍的學徒們屏住呼吸看著他。

阿奇．貝利緩緩道：「我看到了以利——」

周圍倒吸一口冷氣，有人像在看瘋子一樣看著他。

「——的聖騎士！」他大喘氣後說完。

氣氛陡然安靜下來，像是有誰施展了魔法「悄無聲息」，一時之間連呼吸都不可聞。

阿奇．貝利很滿意自己造成的效果，在周圍一片安靜的時候，他繼續說：「你們都知道，這世上只有一位以利的聖騎士，我們從小都是聽著他的傳說，看著他的《遊記》長大的。可是他避世已久，上一次出現在世人眼前還是一百五十年前，那時候我祖父都還沒出生呢，我也只在祖父收藏的一本畫冊上見過他的畫像。」

看著周圍的人屏息專注的神情，阿奇．貝利得意了一下，道：「要知道，之前我一直以為是那副畫像過於美化了傳奇人物，但是直到今天親眼見到本人，我才發現——」

「他本人，在哪裡？」

一道聲音穿過人牆，擠進了阿奇・貝利的耳朵。

阿奇・貝利一顫，抬頭，就看見那位天使與魔鬼合體的伯西恩老師，不知何時站在人群的最外圍。

黑袍法師的長袍一絲不皺，然而他輕蹙的眉頭洩露了他此時的情緒。

伯西恩如念經般念出一個名字，問：「薩蘭迪爾・以利・安維亞，這傢伙現在在哪裡？」

他說出這個名字時，不像聖騎士們那麼狂熱而崇拜，也不像昨晚的法師們那麼警惕和戒備，更不像眼前這群法師學徒充滿驚嘆和好奇。那就像在叫路邊隨意一個人的名字，一個賣麵包的小販或者一個乞丐。

伯西恩又問了一遍，他冰冷的聲線總是能直接穿透別人的耳膜。

阿奇・貝利不由得結結巴巴地回答：「在、在圓廳！應該還在和元老們議事！」

伯西恩狐疑地看了他一眼。

阿奇・貝利連忙道：「我發誓是真的，今天早上他帶著聖騎士們親自去了圓廳！我看到了真人！」

伯西恩轉身就走。在他身後，終於從震驚中回過神來的學徒們你望望我，我瞧瞧你。

「天啊，竟然會是薩蘭迪爾！」

「你該說天啊，伯西恩老師竟然也會這麼關注別人！」

「那可不是別人。」紅髮的女學徒安朵突然道，「那可是薩蘭迪爾。」

法師學徒們沉默了。

薩蘭迪爾，是一個名字，更是一個象徵。如果說世界上還有誰，能讓敵人和夥伴都對他保持著一分敬畏與尊重，那就是薩蘭迪爾——這位被精靈王親自逐出西方樹海的前王儲。

而現在，他竟然就在梵恩城？

†††

梵恩城建成已經有五百年了，自從梵恩魔法學院成立的那一天起，在這座城市內，便有許多人與它生命相繫，其中就包括老伍德一家。

雖然和中央大陸上的長壽種族比起來，五百年不過一閃而逝，但對於伍德一家來說，五百年卻記載了他們家族在梵恩發展的全部歷程。伍德武器鋪從梵恩建成的第一天起便存在，如今傳到老伍德手裡，已經是第三代。

作為這座城市的土著，老伍德經歷過戰爭還有數不清的小衝突。論起閱歷，他比別人豐富許多，就連目前大陸上最少見的精靈，老伍德也能侃侃而談。

在年幼時，他曾經聽長輩談起精靈們如潮水般離開中央大陸時的情景，最近幾年，他本人也察覺到這些長耳朵們又開始在大陸上顯露蹤跡了，甚至偶爾，他也能在梵恩城遇見一兩個。然而即便如此，他也從來沒有見過這樣的精靈。

他敢打包票，他的爺爺、他的曾祖爺爺、老伍德家所有的老祖宗，都沒有見過這樣的精靈。

那是一位客人，原本正在欣賞掛在牆上的一把短弓，注意到身後炙熱的視線後，不由得側過身來。

「你在看什麼，矮人？」

只有四分之一矮人血統的老伍德警惕地盯著這位客人：「你在看什麼，精靈？」

對方抖了抖那對纖長的耳朵：「我以為這顯而易見，我在看你的武器。只是你一直盯著我，不免讓我有些不自在，難道梵恩城的矮人從來沒有見過精靈？」

老伍德不喜歡他這個語氣。他當然見過精靈，就在一周之前，他還在酒館裡一連見到了三個呢！

但這不是他現下最關心的問題。

「你是精靈，卻到矮人的店鋪裡來買武器。」老伍德沉聲說，「你是我見過的最不像精靈的精靈。」

不知這句話哪裡觸動了他，精靈遊俠（老伍德從他的穿著看出來的）的表情變了變，老伍德看出他似乎想露出一個笑容，卻失敗了。

「那也許是因為你見過的精靈還不夠多。」

「我活了一百多歲，雖然的確沒見過幾個精靈！但我的祖父、曾祖父見過很多，卻沒有一個是在我們自己家的武器鋪裡見到的！」老伍德吹鬍子瞪眼，感覺對方在小看自己。果然精靈們都一樣討厭，高傲又輕慢，「精靈從不光臨矮人的武器鋪！因為你們不可一世的傲慢。」

「抱歉，是我冒昧了。」

眼前的精靈遊俠卻出乎老伍德的意料，察覺到老伍德的怒火後，他誠摯地表達了歉意。

「不過我覺得沒有來你的武器鋪一飽眼福，絕對是我同族的一大損失。精靈總是這樣，固執於奇怪的規則，卻失去了很多重要的東西。」精靈遊俠從牆上拿下那把短弓：「比如說，這把鍛造精緻的短弓。我很喜歡它，可以把它交給我嗎？」

老伍德哼了一聲瞪著精靈，雖然還有些惱怒，心中卻對他如此有眼光，一下就挑中了自己的最佳作品而感到一些滿意。

「你想白白拿走我的心愛之作？」

「不。我只是覺得，對於一位武器大師來說，用『買賣』來討論一件近乎藝術的作品，是玷汙他的能力。」精靈遊俠笑了笑，遞出一個錢袋，「不管如何，武器大師也是要吃飯的，我當然不會白拿。」

老伍德接過錢袋，掂了掂。金幣互相撞擊的聲音愉快地鑽進了他耳中，此時，他終於覺得眼前這個精靈沒那麼討厭了。

「這把弓歸你了。記得好好愛護它，如果有問題，可以隨時到我這裡來保養。當然，不是免費的。」

精靈遊俠將短弓掛在腰間，這個位置更適合他隨時使用它。

這時候，他們都聽見窗外傳來一陣喧嘩。

「他們在喊什麼？」精靈遊俠的尖耳朵抖了抖，似乎想聽得更清楚一些。

老伍德數著金幣，頭也不抬地道：「你不知道嗎？今天城裡有大人物來了，說起來那一位也是精靈。」說到這裡，他似乎才想起，自己到現在還不知道眼前這位客人的名字。

「噯，精靈，告訴老伍德，你這個會買下矮人武器的傢伙叫什麼名字。」

對方正望著窗外，聞言微微側頭，陽光落在那淺銀色的長髮上，同色的眼睛靜靜地望來。

老伍德這時才遲鈍地注意到，這個精靈似乎有點與眾不同。

「你可以叫我瑟爾。」

他這麼說。

光與暗之詩
DEAR MY THRANDUIL

CHAPTER SEVEN

尖耳朵

精靈王把瑟爾從樹上摘下來的時候，以為這會是一個像自己幼時一樣，聰明、可愛、聽話的後裔，但事實證明，他只猜對了前面兩個，而弄錯了最重要的一個。

「為什麼我是尖耳朵？」

當瑟爾第一次來問這個問題時，精靈王耐心地和他解釋：

「因為我們是精靈。」

簡單明瞭，瑟爾似乎被說服了。

然後第二天。

「為什麼精靈就是尖耳朵？」

精靈王回答：「因為自然女神就是如此創造我們的。」

這一次，瑟爾顯然不會輕易妥協，他追問：「那她是按照什麼範本創造我們的，她自己嗎？尖耳朵有什麼好處，會使我們聽力更好嗎？和把電視臺的信號塔建得高高的，是同一個原理嗎？」

精靈王陛下問：「電視臺，是什麼？」

「……我不記得了。我剛才說了這個詞嗎？」瑟爾眼神閃躲，似乎想糊弄過去。

「瑟爾。」

精靈王的語氣變得嚴肅，然後在看見自己後裔的神情變緊張後，他微微勾起唇角，緩緩道：「精靈們的耳朵尖，不是為了讓我們的聽力更好。」

瑟爾見他沒有再追問「電視臺」，悄悄鬆了一口氣，又問：「那是為了什麼？」

精靈王一本正經地說：「是為了好看。」

†
†
†

貝利大法師每天起床的第一件事，就是在都伊的座駕巡遊天空之前，默背好他今天預備使用的所有法術，並重新梳理他的魔網。然而今天一大早，一件意外就打斷了他的安排。這讓他還來不及準備好第三個法術就不得不停下來，被召喚到了法師議會的圓廳。

而現在，他聽著學生的彙報，圓廳外聚集了眾多不速之客，其中不乏一些身分尊貴的人物，為此他感到更加頭痛。

「告訴他們。」老法師說，「會議正在進行，今天我們誰都不見。」

「我們？」學生謹慎地重複了一遍。

「是我們。」貝利大法師說，「九位法師議會的元老，以及……薩蘭迪爾閣下。」

學生離開後，貝利大法師終於得空喘氣，然而他這一口氣還沒吸到肚子裡，就差點被一個不速之客噎回肺部。

「看來你們和那位薩蘭迪爾閣下已經達成了某種協定。」

「伯西恩！」貝利大法師驚怒地看著出現在自己身後的黑袍法師，「圓廳內不允許使用瞬移法術！」

伯西恩信步走到他面前，顯然對自己破壞規則的行為不以為意。

「如果我不這麼做，我根本進不來。」

「那你就別進來，被其他人看到的話……」貝利大法師不滿地道。

「我能確定自己的法術還不至於如此粗陋，輕易就能被人看破，況且其他人不會這麼膽大妄為，在齊聚了九位大法師的圓廳裡使用被禁止的瞬移法術。」

你還知道自己是膽大妄為！貝利忍不住橫了他一眼。

「我沒想到你也會這麼好奇。伯西恩，如果你不是我老友的子嗣，我此時就把你趕出去了。」

伯西恩沉默不語。

「怎麼，你也想見見傳說中的以利聖騎士嗎？」貝利大法師戲謔道。

「……不是。」伯西恩先是猶疑，隨即恢復了慣常的冷靜，「我只是想確認他前來梵恩的目的。畢竟，是我最先通知了你們關於他的情報，我認為我至少有資格聽到一些內幕。」

貝利大法師看著他，斜眼道：「要不是有這個原因，你以為你現在還能站在這裡？」

「聽說今年聖城的狂歡節結束得很倉促。」伯西恩突然換了一個話題，「如果他不是為了南方協議一事而來，那麼很有可能和這件事有關。」

「然後呢？」貝利大法師反問，「確定了他的目的之後呢？」

他看著滿身戒備，好似一隻刺蝟的伯西恩，目光突然柔軟下來，嘆息道：「你是不是想讓他幫你詢問以利，關於你父親的蹤跡？」

屋內一片靜默，許久，就在貝利大法師以為自己得不到回答時，他得到了一個回答。

「我並不是那個男人唯一的子嗣，最在意他行蹤的也不是我。」

說完這句話，房間內又陷入了令人窒息的沉默。

黑袍法師像一座雕塑冷硬而刻板地站著，過了好一會兒，貝利大法師才沙啞著開口。他明白如果自己不先開口，眼前這個年輕人是不會再主動說話的。

「我不知道你究竟想做什麼，但是讓你失望了，現在在這裡你是見不到薩蘭迪爾的。」貝利大法師道。

「他不在圓廳？」伯西恩很快明白過來，「那今早緊急召喚元老們舉行議會是怎麼回事？」

「難道不是因為你昨晚的建議嗎？」貝利大法師反問。

伯西恩嗤笑了一聲：「我倒是不知道，什麼時候我的建議能這麼迅速地被人聽從了。」他看向老人，黑色眸子裡透露出不耐，「而且我剛剛得到了消息，今早不止一個人親眼看到疑似『薩蘭迪爾』的人，帶著聖騎士們來圓廳了。」

貝利大法師苦笑，「你也知道是『疑似』。」

意料之外的情報猝不及防地光臨，過了一會兒，伯西恩的眼神從錯愕變得戲謔。他輕笑一聲，笑聲從空氣中傳開。

「原來，你們被騙了。」

被一個年輕的後輩嘲笑，貝利大法師也很沒面子，可他又能如何呢？實際上，他們的確被騙了。

時間回溯到十幾個小時之前，在薩蘭迪爾施展了屏障的小屋內，一場小小的爭執正在發生。

「用變形魔法讓我變成你的模樣，然後大搖大擺地去找法師議會找人？」雷德大呼小叫，「你這個狠毒的精靈，有沒有想過萬一我被發現了怎麼辦！你是想試試看法師燒烤是什麼味道，還是想讓我成為他們的實驗品？」

「兩個都不是。」薩蘭迪爾說，「這只是個簡單的任務。你用龍族魔法變成『以利的聖騎士』的模樣，和艾迪他們去圓廳。在你們引開注意力的時候，我去執行任務，為找回你的迪雷爾叔叔探聽一些有用的情報。」

大概是「找回」兩個字觸動了紅龍，他雖然還是氣呼呼的，但冷靜了許多。

「你想渾水摸魚？」雷德問，「就算這樣，你怎麼保證不會被識破？萬一真相暴露後，那些法師想要成為龍騎士，而抓我去當坐騎怎麼辦？」

「法師是施法者系的職業者，不是戰士系職業者，他們不可能抓一頭龍成為龍騎士。」薩蘭迪爾說，「很高興你還有一些危機意識。不過如果你能完美地完成這個任務，我們也能儘快找到你的迪雷爾叔叔——在他不幸成為某位龍騎士的坐騎之前。」

眼看雷德又要跳腳，薩蘭迪爾補充了一句：

「畢竟，現在我找不到其他人可以施展出完美迷惑數名大法師的變形魔法。」

這一句話像是一根羽毛搔在雷德的心臟上，讓他又癢又難耐，而最後的結果顯而易見。

時間回溯到現在，遊俠瑟爾靠在老伍德武器鋪的小窗前看著街上騷動的人群。這些人群都朝圓廳湧去，顯然那個足以吸引大部分人注意力的消息已經外洩了。

他面無表情地調侃：「這些人如此熱衷地去瞻仰一個陌生人，即便他們從沒見過他，也根本不瞭解他。」

「這樣不是滿好的嗎？」老伍德說，「就算去看馬戲團也要門票呢，何況這回說不定還能免費見到一位傳奇人物。梵恩城很久沒這麼熱鬧了，真該感謝這位不請自來的大人物給我們帶來了一點樂子。」

瑟爾被他說得想笑。

一點樂子，他想，如果他能有這個價值似乎也不錯。

「那麼，我該告辭了。」

精靈遊俠戴上兜帽向矮人告別，離開了武器鋪。

幾乎是一上街，他就被擁擠的人群包圍住。人群與他走的是完全相反的方向，他們朝向東方，而他走向西方。

精靈的敏捷讓他可以輕易地避開其他人，以免碰撞。他穿梭在人流裡，很快便走到了人群的末尾，像一隻遊魚離開牠的魚群一樣脫離了隊伍。

如此格格不入，卻沒有人會去在意這一尾小魚。

瑟爾最後回頭望了一眼，遁入小巷。

「怎麼了？」

揹著長弓的阿爾維拉催促著同伴，他的尖耳朵藏在兜帽之下，他的同伴們也是如此。三個精靈混在人群之中，與瑟爾一樣如魚得水，但是與瑟爾不同的是，他們與人群同樣向著東方。

「我們要去圓廳。」阿爾維拉催促同伴，「或許太晚過去就來不及了。」他表現出難得的焦躁，不符合長輩平時的教導，但此時沒有人責怪他。

剛剛回頭張望的銀髮精靈道：「沒什麼，我們走吧。」

他也很難說清自己為什麼會在那一刻，去張望一個無人的空巷，只是心中隱約有某種預感。然而他什麼也沒有看到，就這樣與瑟爾擦肩而過。

瑟爾是往西邊走。梵恩魔法學院在梵恩城的最西邊，圓廳則在梵恩城的最東邊。以往，學院裡總有不少學徒，然而此時此刻與擁擠的圓廳比起來，這裡簡直空曠得嚇人，保守估計至少有三分之二的學生都翹課了。

瑟爾進入梵恩魔法學院的時候沒有引起任何人的注意，似乎連看守學院結界的法師都心不在焉，沒發現結界的波動有些微異樣。他就這樣混了進來，直到他遇見第一個學生。

當時阿奇・貝利正在抄寫魔網基礎的課文，因為魔鬼伯西恩告訴他，作為他帶來一個有用消息的回報，只要他抄完十遍課文，就允許他重修魔網基礎這一門課。

瑟爾進入教室前，阿奇・貝利正抄到第一遍第一頁的第十行，正是總覽介紹的章節。

「魔網無形的脈絡時刻流淌在天空與大地之中，魔力之源來自於世界本身，而非是所謂神明的恩賜……」

筆尖突然一折，阿奇・貝利聽見了奇怪的簌簌聲，當他抬起頭時，看到的就是一個精靈正翻過教室的窗戶。他其實已經進入了教室，正以一個瀟灑的姿勢跨坐在窗戶上，等待一躍而下。

雙目對視的一瞬間，一人一精靈都有些意外。

三百多年來，瑟爾第一次尷尬到想往地洞裡鑽。他避開了喧鬧的人群，躲過了大法師布下的法術結界，卻在翻進窗戶時被一個法師學徒逮個正著！是什麼讓他沒注意到這裡竟然還有一個法師學徒？是因為這一百五十年過得太鬆懈了嗎？還是如今這副遊俠的打扮，讓他忍不住放下枷鎖、變得輕鬆，因此整個人也放鬆了警惕？

這個場面要是傳出去，深淵下的惡魔們都要笑醒了。

「那個……」過了好一會兒，阿奇·貝利試探著開口，「門就在窗戶旁邊，也許你可以走進來。」

「謝謝。」

瑟爾並沒有聽取他的建議，而是俐落地跳下窗戶。既然已經如此了，就讓他貫徹自己的喜好吧。進教室喜歡爬窗，而不喜歡走大門，這是在幾乎快遺忘的過去回憶中，他一直難以改掉的習慣。

這個精靈還是從窗戶爬了進來！阿奇目瞪口呆。

「你這樣……」剛想提醒對方，一陣簌簌聲過後，阿奇看著瑟爾靈巧地避開身邊的冰箭，咽了咽口水，道，「好吧，這是伯西恩老師的防盜法術。你觸動了法陣，已經被他察覺了。」

防盜法術？瑟爾低頭，看見身側幾枚正在消失的冰箭——剛才發出簌簌聲的罪魁禍首。他憑藉著身體的本能躲過了冰箭，如果這就是防盜法術，對他來說幾乎起不了作用。

不過將五級魔法寒冰之箭當成防盜法術使用，瑟爾第一次遇見這麼有創意的法師。

「謝謝你的提醒，我很快就會離開。」他走了一步又退回來道，「方便的話，能告訴我占星樓在哪個方向嗎？」

為了方便翻窗，他此時已經摘下了兜帽（要不是這樣，也不會被法師學徒發現精靈的身分）。淺銀色的長髮沾染上之前冰箭的寒氣，那寒意又在陽光下緩緩化作繚繞的霧氣，縈繞在他周圍。

阿奇．貝利看著這個自帶煙霧效果的精靈，終於回過神來。

喔，天啊！他不僅看見了一個會爬學院窗戶的精靈，對方還想知道占星塔在哪裡！這精靈一定想幹什麼大事！要是被人發現了，肯定會有不小的麻煩！而他要是為這個傢伙帶路，肯定也會被牽連進去！

阿奇．貝利瞬間就想通了一切。

然後下一秒，他聽見自己的嘴巴不受控制地說：「我知道。」

好奇心會害死貓，阿奇．貝利簡直想掌自己的嘴。

光與暗之詩

DEAR MY THRANDUIL

CHAPTER EIGHT

初見

站在圓廳裡，伯西恩皺了皺眉，他感覺到自己的某個法術陷阱被觸動了，有人破壞了他布下的法陣，並且他能感受到，法陣並沒有捕獲到入侵者，這可真是稀奇。

然而現下，他沒有時間去細細探究，因為眼前的這一場爭吵還在繼續。

「我沒有第一時間發現！是因為他拿著那一把傳說中的聖劍，那不能怪我！」

「只不過是一把破劍！」

「哈，說得好聽！你也去求以利賜你一柄劍試試，而且他們還施展了巨龍的變形魔法！」

「只不過是未成年的巨龍孩子！」

「那他施展的也是龍族魔法！」

兩位鬚髮皆白的大法師正在互相爭吵，其中一位在怪罪對方，另一位在為自己開脫。而引起他們爭吵的對象——那名化作人形的紅龍孩子，此時正抱著手中那把生鏽的長劍站在大廳之中。

他百無聊賴地張著嘴，好像下一秒就會打嗝，吐出一個龍息。

此時他的身分已經暴露了，他卻並不怎麼緊張，反而是周圍的法師們一副如臨大敵的模樣。

伯西恩敢確定，周圍的大法師都時刻警惕著這隻紅龍，就怕他打一個嗝，把圓廳的屋頂掀翻了。當然，大法師們戒備的還有其他幾名聖騎士。

「先生們，請你們停止爭吵。」貝利大法師站出來，看來他是第一個忍受不下去的人，「還有這幾位客人，你們還是不願意說出薩蘭迪爾閣下的去向嗎？」

「我不知道。」雷德大嗓門地道，「他只讓我化作他的模樣來找你們，又沒告訴我他去了哪裡。」

貝利幾乎是用求救的目光看著其他幾名聖騎士。被一位老人這樣看著，聖騎士們即便覺得有些愧疚，卻也只能搖搖頭。

「現在，」老法師嘆息說，「外面的石梯幾乎快被人群磨平了，只因為『不知道是誰』傳出了薩蘭迪爾閣下將在圓廳和我們會面的消息，所有人都想一睹尊榮。」

艾迪摸了摸鼻子，作為「不知道是誰」的一份子，不免有些心虛，但是這是薩蘭迪爾大人的吩咐，他們必須遵從。另外，也正如薩蘭迪爾大人所說，這些法師們雖然對他們充滿戒備，卻沒有主動的惡意——至少大多數沒有。

今天早上，當他們帶著偽裝成金光閃閃的「以利聖騎士」的紅龍，敲響圓廳的大門時，他敢發誓，那些法師們露出的神情就像看到了世界上絕無僅有的珍貴——實驗品。

然而那時候他們有多驚喜，現在就有多失望。

「我們不知道大人去了哪裡。他下命令，我們就遵從。」聖騎士小隊的隊長伊馮道。

「他下命令，而你們盲從。」旁邊傳來一道嘲諷。

艾迪循聲看去，看見一個站在角落的黑袍法師。與其他白髮蒼蒼的大法師比起來，他年輕的容貌令人印象深刻，而更令人印象深刻的，是黑袍法師那雙似乎隨時都在譏嘲別人的雙眸。

他雖然英俊，卻令人不喜。

伊馮皺起眉道：「遵從命令是騎士守則之一，或許這對散漫的法師們而言難以理解。」

伯西恩說：「如果我沒記錯，他是以利的聖騎士，而你們幾人是都伊的聖騎士，你們之間並不存在上下級關係。」

「我們遵從薩蘭迪爾大人的命令，並不僅僅是因為他的身分。」

伊馮聽見對面的黑袍法師嗤笑了一聲，對方的笑聲讓他感覺受到了譏嘲。然而限於一直以來的教導，伊馮做不出失禮的行為，只要對方沒有動武，他就不能回擊。

其他聖騎士們也是如此忍受著伯西恩的冷嘲，只有艾迪想著，我真討厭這個法師。

伯西恩沒有再和這些古板聖騎士交流的打算，在他看來，這些只知道聞神明臭腳的聖騎士就像提線木偶，根本不會有什麼有價值的情報。既然留在這裡不能達成想要的目的，他準備離開。

「伯西恩！」貝利大法師叫住了他，「無論你想做什麼，記得……」

「我會記得不主動惹麻煩。」

黑袍法師心裡一冷，丟下這句話，接著瞬移消失在眾人視線。

「我是想說……」貝利大法師喃喃道，「記得不要再使用瞬移法術離開圓廳。」

周圍的同袍們白了他一眼，鬼才信呢。

†††

「這是前往占星塔的小路。」阿奇．貝利一邊帶路，一邊為身後的精靈介紹：「別看現在學院裡沒有多少人，我們也要做好會被人發現的準備，但走這條路就萬無一失了。」

瑟爾覺得比起自己，眼前這個法師學徒更積極地想帶他潛入占星塔。現在的法師們都如此隨意嗎？還是說，是他遇到的這個法師學徒比較特別？

他決定問一問。

「你不擔心……」

「擔心什麼？擔心你闖進學院是不懷好意，還是擔心自己的安危？我早就想過啦。」阿奇．貝利說，「你能不被看守結界的法師發現就闖進學院，身手肯定不一般。既然這樣，與其和你作對、自討苦吃，我不如聽話一點，直接帶你前往占星塔。無論你想要在那裡做什麼，如果連占星塔裡的大法師都無法阻止你，那麼我現在阻止你也是白費功夫。」

瑟爾在這個法師學徒身上體會到了久違的熟悉感。那種大智若愚般的洞察力，既讓他牙癢，卻又讓他無可奈何。

「你叫什麼名字？」

「阿奇．貝利。糟了！我是不是不該對一個精靈說出自己的真名？」年輕的法師學徒正有些後知後覺，卻發現身旁的精靈突然停了下來。

「……貝利。」

精靈輕輕念叨著這個姓氏，銀色的眼睛像是蒙上了一層霧。他看向阿奇，嘴角似乎有了微微的起伏。

「真是一個常見的姓氏。」

阿奇自己也這麼覺得，事實上，若不是他們家族這幾代出了他祖父這一個人物，誰會去在意貝利這個姓氏呢？而且現在人們會知道「法師貝利」，全是因為他祖父。若是許多年以後，世人已經遺忘了大法師貝利，這個時候又出現一個特別擅長做麵包的，或者是精通於花藝的姓貝利的人物，說不定還會出現「麵包師貝利」、「園丁貝利」這樣的稱呼呢。

然而令他意外的是，在說出自己的這個想法後，精靈對他的態度似乎友善了許多。

真是莫名其妙，也許精靈都這麼奇怪？

「我只能送你到這裡了。」

阿奇停下了腳步，停在一個薔薇花園之外。他指著花園內隱約可見的小道，對精靈說：「走過薔薇花道，裡面就是占星塔了，預言系的法師們都在裡面。」

精靈聞言，動了一下耳朵。

「全在裡面？包括預言系的大法師？」

應該是吧，阿奇隨意地點了點頭，然後他看見精靈戴上兜帽，孤身一人往花園內走去。

「噯！」他忍不住叫道，「你就這樣進去了！不怕我回去叫人把你堵在裡面嗎？

你不怕這是一個陷阱嗎？」

這時候，瑟爾一隻腳剛踩在花園的草地上，他的腳底感受著濕潤豐沛的泥土，頭也不回地道：「你會嗎？『畫家貝利』。」

直到那道高挑的身影消失在葉與花瓣之間，阿奇才喃喃道：「他是什麼時候發現的？」他低下頭，摩娑了一下自己指甲縫中來不及清洗乾淨的顏料。

「真是個敏銳的傢伙。」

這個神祕的精靈，似乎有著近乎傲慢的自信，從他爬窗戶進教室的行事風格來看，應該是個不羈快活的個性，然而，他這一路上總是板著臉，除了與阿奇聊天的那麼一下子，幾乎沒見他放鬆過。現在離開了，背影看起來又是如此孤單。

「一個奇怪的精靈。」

阿奇又念叨了一遍，決定裝作沒發現這件事，回去繼續抄寫自己的課本。畢竟他只是一個一心專注在繪畫上的不成器法師學徒，與其去操心這些神祕又危險的人物，還是先讓自己不要被當比較好。他這麼想著，哼著小調準備轉身。

「阿奇．貝利。」

一個冰冷的東西指著他的後腦勺。

「你剛剛把誰放進去了？」

阿奇瞬間透心涼，那熟悉的、宛如夢魘的嗓音，提醒著他似乎忘記了最重要的一件事！

「伯、伯西恩老師……」

黑袍法師冷眼看著法師學徒轉過身，手中凝結的冰箭依舊指著對方的眉心。

「不是伯伯西恩。」他冷道，「說吧，你剛才將誰放進我的法師塔了？」

這一刻，阿奇悲劇地想，他怎麼會忘了呢？魔鬼伯西恩也是占星塔的法師啊！

†††

「謝謝你為我指路。」

一朵還沾著水霧的薔薇在精靈面前晃了一晃，躲進茂密的綠葉裡，像是一個嬌羞的姑娘在躲著她的情郎。

瑟爾不自覺地莞爾，雖然他已經不記得該怎麼笑了，但是這不妨礙他遇到開心的事情時也覺得愉快。

有時候瑟爾會想，比起做以利的聖騎士，做一名遊蕩世界的遊俠，或者做一朵慵懶曬太陽的薔薇或許會更快樂。

他也只是偶爾這麼想想而已。

現實不容許人選擇。

踩在最後一塊草地上，瑟爾抬頭，看著眼前這幢堅固得宛若堡壘的法師塔。

它高高的塔尖直聳入雲，偶爾能在電閃雷鳴的雲層裡窺見一磚半瓦，整座法師塔都因此顯得陰森詭祕。

不過瑟爾知道，這只是法師們用來恫嚇人的一種法術效果而已，真正的法師塔沒有這麼高，沒有這麼詭譎，但比肉眼見到的更加危險。

他撫摸了一下新買的短弓。長劍留在雷德那裡了，要想平安進出這座法師塔，他能依靠的只有這個新夥伴。

「拜託你了。」

短弓似乎輕鳴了一聲，回音主人的呼喚。

瑟爾深吸一口氣，身形微微弓起，下一瞬，他像一隻矯健的獵豹躍入法師塔下的那一道石階。

幾乎在落腳的同一瞬，頭頂烏雲的雷鳴變得更加激烈。

瑟爾不為所動，在風聲中迅速地轉移位置。他在每一塊石階上落地的時間不超過一息，然而即便如此，如果不是因為精靈本身體重輕盈，他早就隨著這些石階，一同沉沒到突然出現的泥沼中了。

直到呼出最後一口氣，終於踏上法師塔前的最後一層臺階，緊握著短弓的瑟爾才有喘息的餘地。

在正式闖入法師塔前，他決定回頭看一眼。

他很快就後悔這麼做了。

因為在身後，他看到的不是遍地泥沼的陷阱，也不是雷電交加的風雨，而是一個穩穩立在風中，正俯視著他的黑袍人。

黑袍在風中獵獵作響，那雙黑色的眸冷漠譏誚地看著他，就像在看一個滑稽的小丑。

有那麼一瞬間，瑟爾思考著自己如果不選擇回頭，而是利用那一刻的時間闖入塔內，成功率會有多少。然而，黑袍人陰冷的嗓音很快打斷了他的思緒。

「現在，小偷。」黑袍法師說，「自決，或者被我殺死，你可以自己做選擇。」

瑟爾輕輕笑了，他這才想起來，自己不是忘記了笑，而是忘了怎麼愉快地笑。像冷笑、譏笑、嘲笑這些，他這些年來還是很得心應手的。

現下聽到這久違的威脅，讓他有了一絲嘲笑命運的衝動。

眼前的法師顯然被他的笑聲惹怒了，蹙起眉頭。

然而在對方真正動怒之前，瑟爾開口了：

「既然你是占星塔的法師，那麼或許你會預言到，我是為何而來。」

既然有求於人，他決定還是不要惹怒一位可能會幫到他的預言系法師，並試圖表現自己的誠意。因此，他摘下了自己的兜帽，準備表露出一小部分的誠意。

然而很快，瑟爾，或者說是薩蘭迪爾就會意識到，這是他今天做的第三件錯誤的事。

第一件，爬窗進教室時被阿奇．貝利發現。

第二件，在法師塔下猶豫了一秒而被人逮住。

第三件，也是最錯誤的一件，他不該在伯西恩．奧利維面前暴露自己的身分。

閃電消失了，泥沼消失了，黑袍法師臉上的怒容也消失了。他從空中飄了下來，看向瑟爾的眼神很是怪異。

接著，他說了一句莫名其妙的話：「你和畫像一點都不像。」

說出這句話的時候，伯西恩想通了一件事——為何阿奇那個小子會被假貨蒙蔽，見到真人卻沒有認出來，因為真正的他和畫像上的一點都不像。

無關乎美醜，單純是沒有任何一支畫筆可以描繪出他真正的模樣。

然而即便如此，伯西恩卻還是分辨出了這個精靈真正的身分，彷彿他不是在吟游詩人的歌聲裡，不是在《遊記》的記載中看過他，而是曾經親眼、真真切切地見過這個精靈。

就連瑟爾也愣住了，仍試圖掙扎一下。

「什麼？」他問。

伯西恩笑了。

下一句，他說出口的話才令瑟爾真的震驚。

「不過，你和那個人記憶裡的容貌幾乎一模一樣，薩蘭迪爾閣下。」

光與暗之詩

DEAR MY THRANDUIL

CHAPTER NINE

失蹤

瑟爾清楚地知道，自己和這個世界上的絕大多數人都不一樣。

這個祕密他不準備告訴任何人，然而或許精靈王已經發現了，只是他不以為意，就像不在乎這世界上的大多數事情一樣，精靈王也不在意自己的後裔在降生到這個世界之前，是否有什麼無傷大雅的前世身分。

他嚴格地教導瑟爾，督促他、表揚他，偶爾也會戲弄他，卻從來沒有說過瑟爾那些怪異的行為不像一個精靈。

他會說，瑟爾，你不該老是想要吃肉，你會消化不良，卻沒有說這麼做的瑟爾不符合精靈保護生靈的天性。

他會說，瑟爾，你不該老是去戲弄德魯伊他們，會神經衰弱，卻沒有說這樣調皮搗蛋的瑟爾不像精靈應有的嫻雅。

他沒有命令瑟爾應該怎樣做，才是一個合格的繼承者，而是讓瑟爾按照自己喜歡的方式生長，最終成長為一個不同於其他同伴，卻被同伴們深深信賴的繼承人。

然而這樣的精靈王，卻已經有整整一百年沒有飲一滴水，食一粒糧了。

這一天，少年模樣的瑟爾趴在精靈王的膝蓋上。

「爸爸。」他說：「我錯了。我再也不會去偷偷吃肉，我以後只吃水果、樹葉，只要你陪我一起吃。」

精靈王笑了笑，第一次沒有糾正他的稱呼。

†††

瑟爾過了很久才找回自己的聲音。

此時他可以問，你說的那個人是誰？你在哪裡看見的記憶？甚至，他可以用武力逼迫黑袍法師吐出更多細節。

但是他什麼都沒問，身分被拆穿的一瞬間，精靈遊俠變回了以利的聖騎士。

他站得筆直，神情卻冰冷得宛若雕塑。

「法師。」薩蘭迪爾說，「你是占星塔的主人？」

他這樣直切主旨，令人覺得莫名其妙，彷彿在向對面的人宣告，他一分一秒都不想浪費在這裡，只要他願意，他隨時可以結束對話，並獲得自己想要的情報。

然而，伯西恩沒有被他的冷漠惹怒，相反地，他的黑眸閃了閃，若有興致地看向精靈：「現在你倒是和剛才很不一樣，我幾乎要以為你們是兩個人了。」

變回薩蘭迪爾的瑟爾像披上了一層無形的鎧甲，沒有人可以傷害到他，也沒有人可以穿透鎧甲、看透他真正的情緒。

只有他自己──藏在心靈最深處的那個瑟爾，知道他現在心中有多慌亂。

然而，既然現在他是薩蘭迪爾，面對眼前的情景，他就選擇了一個最不考慮到自己，最能維護整體利益的做法。

「我很抱歉擅闖法師塔。」薩蘭迪爾先兵後禮地道，「不過如果可以，我想先見一見久未謀面的『預言師』。」

「你想見『預言師』？」

對面黑袍法師的表情似乎有些古怪，然後薩蘭迪爾聽見他說：

「難道你不知道『預言師』已經失蹤了兩個月？」

「什麼？」

今天第二次，薩蘭迪爾有些倉皇地發出了這個疑問。

如果第一次是因為驚訝和意外，第二次則是帶著更多的擔憂與憤怒。

精靈已經收起了短弓，此時他用力握得弓臂咯吱作響，引來法師多看了一眼。

「看來『以利的聖騎士』也不是無所不知。」法師笑了笑，「『預言家』失蹤的事情讓占星塔內一片混亂。雖然學院對外封鎖了消息，但我以為以你們的交情，至少他失蹤後你一定會是第一個知情的，畢竟──」

法師看向薩蘭迪爾，帶著一些惡意道：「畢竟他可是目前為止，你存活在世的最後一位冒險夥伴了，不是嗎，大英雄？」

幾乎就在他說出這句話的一瞬間，空氣中傳來嗡的一聲輕鳴，鋒利的箭矢破開空氣迎面襲來，卻在即將洞穿伯西恩腦袋的前一刻，停在了他的面前。

危險近在眼前，伯西恩卻面不改色。

「原來你還會生氣，我以為你裝木頭人上癮，已經沒有情緒了。」法師譏嘲道，他揮了一下右手，箭矢就失去力量，掉在了地上。

薩蘭迪爾從來沒有這麼討厭過一個陌生人，上一次有這麼激烈的憤怒情緒，也不記得是多少年前了。他不得不承認，至少在惹怒自己這一方面，眼前這個陰陽怪氣的黑袍法師很有天分。

精靈收回了短弓，這一箭讓他發洩了一部分怒火，冷靜了一些。說真的，這個年輕的法師該慶幸他遇見的是現在的自己，如果是一百五十年前，精靈敢保證這個傲慢的法師絕對不能完好地站在這裡說話。

薩蘭迪爾轉身就走。紅龍迪雷爾失蹤，現在連唯一能預知紅龍去向的「預言師」都失蹤了，這不是一個好的預兆。

然而身後那個命大的法師，卻還不知死活地喊住了他：

「喂，大英雄。你來找『預言師』做什麼？」

薩蘭迪爾不打算理睬這個小子，他現在克制著自己、不去揍這個法師一頓就已經耗盡所有的理智了。

可世事偏偏不如人意。

「如果你是要來找他為你做某個預言，那麼也許，我也可以幫你做到。」就是這一句話，讓薩蘭迪爾停住了腳步。

精靈轉過身，銀色的眸子上下輕輕掃過法師。雖然沒有說話，但是伯西恩也能從那雙眼眸裡看出很多，或許用一個字就可以形容——你？

帶著一些譏誚，一些刻薄，一些不信任。然而精靈還是停下了腳步，似乎想等伯西恩繼續說下去再做決定，就像是一隻被人惹惱了的獅子，在盡力克制住自己的脾氣。

伯西恩又笑了，這絕對是他有生以來笑得最多的一天，那張蒼白的臉龐也因此多了幾分人氣。

法師說：「是我，我也是占星塔的法師。如果你想讓『預言師』幫你預知某件事情，那麼我可以起到同樣的作用。」

精靈似乎有些不耐地道：「『預言師』和一般的預言系法師可不能同日而語。年輕人，你知道你在說什麼嗎？」

「我當然知道。」伯西恩沉下眼眸，「雖然世上有那麼多預言系的法師，甚至不乏能力出色的大法師，但是有能力準確預知未來的只有一位，就是你曾經的夥伴『預言師奧利維』，他是不一樣的。」

薩蘭迪爾挑高了一邊的眉毛，似乎在說——那你還廢話什麼。

伯西恩接著道：「雖然現在的確沒有人能在預知這一項能力上超越『預言師奧利維』，但是不代表未來沒有。如果說有誰有這個天賦，可以青出於藍而勝於藍的話，那麼想必就只有繼承了『預言師』血脈，並比他更出色的人。」

薩蘭迪爾似乎明白了什麼，看向法師的目光不再帶著不經意，變成認真的打量和琢磨。

伯西恩發現自己竟然有點喜歡這樣的視線。於是難得地，他禮儀周到地微微彎下腰，行法師禮道：

「希望現在自我介紹還為時不晚，鄙人伯西恩．奧利維。初次見面，薩蘭迪爾閣下。」

今天是什麼日子？

薩蘭迪爾想，為什麼會遇到這麼多故人的後裔？這是以利在提醒他已經老了嗎？還是歲月的腳步太快，他已被拋下卻還不自知？

「伯西恩·奧利維。」精靈念叨著這個名字，「你是——」

「是『預言師奧利維』的後裔，也是他的侄孫——之一。」伯西恩有些玩味地加重了最後兩個字，「那麼，或許看在你過去夥伴的份上，你願意讓我為你提供一些幫助嗎？」

薩蘭迪爾沒有直接回答他，而是問起另一個問題。

「你認得我。你剛才說在某個人的記憶裡看見了我，那個人——」

「就是你認識的那個奧利維。」伯西恩接過他的話尾，「當他失蹤之後，學院派了不少年輕有為的法師來調查真相。作為繼承了他預言能力的後輩，我有幸成為其中之一。而為了找到他的蹤跡，我必須儘量還原他失蹤時的場景，並瞭解他的過去。」

薩蘭迪爾閉上了眼睛，他已經不想再聽下去了。

如果此時有人仔細看，可以看到他纖長的銀色睫毛正在微微發抖，彷彿在抑制著什麼激烈的情緒。

伯西恩注意到了，卻假裝沒有，更近乎殘忍地道：「就在我施展某個預言系的法術時，我看到了這位長輩的記憶。而那些記憶裡，全部都是你。」

——瑟爾。

年輕的，尚且帶著一絲稚嫩的精靈，一次又一次地出現在「預言師奧利維」的記憶中。

那些記憶有無數個場景、無數個畫面，記載著奧利維和薩蘭迪爾的過去。精靈會和夥伴們把酒言歡，會因為和人爭執而大動干戈，會為了微薄的報酬接下風險極高的任務，卻每天都是熱鬧非凡。

伯西恩看過記憶裡的薩蘭迪爾，不止一次。那時候的他眉眼是舒展的，充滿傲氣，他是最張揚的對手，也是最可靠的夥伴，笑得比矮人大聲，醉得比獸人更沉。雖然他像個人類多過於精靈，但他的精靈族群卻一如既往地追隨他，敬慕他。

因此伯西恩也差點認不出眼前的薩蘭迪爾。他是以利的聖騎士，喔，多麼光榮的稱呼。

卻僅此而已。

他身邊沒有了夥伴，也沒有了族群。

他孤身一人。

光與暗之詩

DEAR MY THRANDUIL

CHAPTER TEN

預言

「瑟爾！」

奧利維呼喊道，從夢魘中驚醒。

夢中的驚慌感仍未消散，以至於他過了好一會兒才回過神，並注意到自己已經轉移了陣地。

營地外的火堆散發著溫暖的熱意，讓人忍不住湊過去，奧利維卻一眼在火堆之外看到了那個身影。

「瑟爾。」

他低低呼喚，精靈轉過身，銀眸被火光映照，好像染上了一層鮮血。奧利維這才注意到精靈正靠坐在火堆邊，擦拭著一柄長劍，以前片刻不離身的長弓卻不見了蹤影。是在戰鬥中弄丟了嗎？奧利維蹙起眉頭，那可是瑟爾最心愛的一把弓。

他試圖安慰自己的夥伴，開口道：「回去以後，我找阿蘭圖再幫你訂製一把新的弓……」

「沒有新的了。奧利維。」精靈打斷了他，「你忘了嗎？要塞已經沒了，阿蘭圖也沒了，還有南妮、貝利和巴特。」

精靈的聲音越來越低，他每報出一個名字，擦拭長劍的手指就越是用力。

奧利維這才注意到，瑟爾眼中的那片血紅原來不是火光。而就在這一刻，精靈抬頭看向他。

「如果命運讓註定我失去一切。」他問，「奧利維，為什麼你預言不到今天？」

黑髮的法師眼中升起悲涼，許久，他沙啞地發出聲：

「我很抱歉。」

沒有人回答。那些歡聲笑語，好像永遠消失在風中了。

†††

薩蘭迪爾認為，伯西恩和奧利維長得其實並不像。

單從外貌來看，除了同樣是黑髮黑眸這一點，幾乎看不出這兩人有血緣的羈絆；論性格的話，兩者更是天差地別。

精靈記憶中的奧利維是一個溫文儒雅的法師，他博學多知，克制而有禮，雖然總是給人一種距離感，但也算是一個難得的好人。

而伯西恩這個年輕人的冰冷與奧利維是不一樣的，他的冷漠可以凍傷最熱情的靈魂，他的笑容也猶如帶著毒刺的玫瑰，他的英俊近乎是帶有侵略性質的，而他的人更甚。

所以，在看到這個討人厭的法師的時候，薩蘭迪爾並不會把他和過去的夥伴聯繫起來，也不該因此心軟——原本應該是如此的。想到這裡，走在前面領路的薩蘭迪爾回頭看了黑袍法師一眼。

黑袍法師像一直在盯著他，兩道目光驟然相逢。

法師不退縮，而是大大方方地迎著精靈的視線，繼續打量他。那眼神帶著探究、玩味和冰冷的分析，讓薩蘭迪爾更加不喜，可他還是把這個惹人厭的傢伙帶了回來。

他們回到的是薩蘭迪爾和聖騎士們之前住的小屋，由於薩蘭迪爾對小屋施加了屏障法術，目前還沒有法師能找到這裡。即便是伯西恩，在看到這層屏障的時候也小小驚嘆了一把。

「出色的遮罩手段，不愧是以利。」法師問，「這是神術的一種？」

薩蘭迪爾看了他一眼：「這是精靈的魔法。」

伯西恩感到有些意外，他以為投入以利陣營的精靈已經不能使用精靈的魔法了。但是不等他想通，薩蘭迪爾已經進了屋，他只能跟進去。

「看來這就是你們的祕密基地。」法師打量著眼前這個簡陋的小屋，「那麼，我現在也能算是祕密基地的成員之一了？」

「你頂多算是個人質。」薩蘭迪爾故意恫嚇他，「一旦法師們輕舉妄動，我就可以將你撕票。」

伯西恩大概明白了「撕票」是什麼意思，卻沒有被嚇到，反而故意做出一副倍感榮幸的模樣。

薩蘭迪爾拿這個厚顏無恥的傢伙毫無辦法，當他發現自己的譏嘲和威脅對法師都起不了效果之後，就對這傢伙束手無策了。這就是為什麼薩蘭迪爾來到了梵恩城，卻不願意和更多法師接觸的緣故，畢竟一萬個獸人，都不比一個法師難對付——僅就精神層面而言。

然而，伯西恩很擅長猜測別人的心思，如果有必要，他會利用這份觀察力，做為自己的助力——就像此刻，法師很不客氣地自己在客廳裡挑了一張椅子坐下來。

「假設我的猜想沒有錯，你將我帶到這間屋子，就表示你已經同意了我之前的提議。那麼薩蘭迪爾閣下，你想讓奧利維——或者是我，為你預言什麼呢？」伯西恩補充，「我將竭盡所能。」

薩蘭迪爾銀色的眸子打量著法師，似乎在評判他的話語中有幾分真實。

「你是預言系的法師？」

「事實上，」伯西恩說，「我在預言系、元素系以及幻術系都有所涉略。」

薩蘭迪爾真的吃了一驚，要知道法師的派系十分廣泛，一共有五種——

能像水神、火神的信徒那樣使用元素之力，為己所用的元素系法師。可以改變物質的形態性質，甚至可以鍛造出新物質的煉金系法師。能透過與自然溝通，通曉過去和未來的預言系法師。（事實上，真正能做到這一點的預言系法師寥寥無幾，大多數人只能施展一兩個簡單的祈願術）欺騙、迷惑他人的感官和心智，可以製造出幻境的幻術系法師，以及最後一種，最神祕也是最被人畏懼的死靈系法師。

五種派系並不相通，反而有著深深的溝壑。通常，一個有天賦的法師學徒能在其中一系有所成就已經算得到天賜了，可是眼前這個看起來還不到三十歲的年輕人類，剛才竟然說他三系都有所精通？

薩蘭迪爾不認為，有人會愚蠢到在他面前撒一個如此容易被拆穿的謊言。那麼，答案只有一個——這個法師說的是真的。

然而，精靈並不覺得開心，一個絕無僅有的三系法師，很多時候不僅意味著超凡的天賦，更意味著不一般的麻煩。

瑟爾心煩，為什麼自己總會遇到這些麻煩的角色？

「以你的能力，足以在未來成為最年輕的的大法師，並進入法師議會、當選元老。」薩蘭迪爾懷疑，「我想不出有什麼理由能讓你放棄這些，背著梵恩學院來幫助我。」

「也許這兩者並不衝突。」伯西恩說。

精靈冷笑，「萬一我的利益與梵恩學院的利益相對立呢？你會選擇哪邊？」

「我站在自己這邊。」伯西恩誠實道，「事實上，只有兩個利益需要相同的人才會有長久的合作。現下我對你有所求，自然希望能對你也有所用處。在這個企圖實現前，我想我並不介意為你提供一些小小的幫助。」

薩蘭迪爾靜靜地看著他好一會兒。

一個利益至上的傢伙，精靈想，正好是他最討厭的那一類型。

不過，當這種人對你提出合作的時候，倒是可以放心一些，至少各有所圖的交易比欠下人情要好得多。

伯西恩注視著精靈，兀自陷入沉思，並趁此機會仔細打量對方的眉眼。

他發現自己總是下意識地把眼前這個薩蘭迪爾，與「預言師奧利維」記憶中的瑟爾相比較，並很快就發現兩者之間的太多不同，以至於伯西恩不由得好奇對方在過去的一百多年裡，究竟經歷了什麼。

三百歲對一個精靈來說，還年輕得像是樹梢上新鮮的露珠。可薩蘭迪爾卻像是過早衰老了，哪怕他的容貌一直沒變，心靈之泉卻像乾枯了。

薩蘭迪爾終於做出了決定。

「我需要你幫我進行預言……」

精靈對法師輕聲說出了自己需要預言的內容。

伯西恩有些意外：「要知道，預言的對象越是強大，成功率就越低。所以，一頭巨龍？」

精靈似乎很樂意看到他吃癟。

「你辦不到？」

伯西恩望著眼前揚起眉毛，露出幾分肆意的精靈，直到這一刻才終於把眼前的精靈與他窺視到的、記憶中的那個形象重合起來。他感到有趣，並有幾分終於撕開眼前人厚厚武裝一角的成就感。

於是，伯西恩說：「我可以為你辦到。」

在進行預言法術之前，伯西恩總覺得自己忘了什麼事情，然而很快，隨著法術的進行，無暇分心的他便將這件事拋之腦後，並認為大概是無關緊要的什麼事。

而遙遠的梵恩學院薔薇花園外，被施了石化術的「無關緊要的」阿奇·貝利在寒風中瑟瑟發抖。他的同學們大多聚集到了圓廳的門口，以至於阿奇·貝利連一個求救的人都找不到。

快被寒風凍僵的法術學徒只能拚命轉動腦子，期待思考能為自己發熱。他想，魔鬼伯西恩逮到那個神祕的精靈了嗎？他們是不是已經打了起來？他又想，現在圓廳門口怎麼樣了？大家是不是都已經見到傳奇人物薩蘭迪爾了？

然而事實上，伯西恩和精靈並沒有打起來，聚集在圓廳門口的人群也沒見到薩蘭迪爾，更因為始終見不到他們想見的人，聚集的人群漸漸躁動起來。

當艾迪透過窗戶，看見那片黑壓壓的人群時也不免吃驚。

「是不是再讓紅龍扮成之前的模樣出去見他們一面，他們是不是就會離開了？」

正焦頭爛額的法師們聞言，紛紛搖頭，並表示那樣只會讓場面更混亂而已。

聖騎士們終於對自己惹出來的局面感到了一絲真切的愧疚，此時如果有哪位法師趁機要求他們配合、做一些無傷大雅的實驗，想必心有愧疚的聖騎士們是不會拒絕的。

「事已至此，不知幾位還能不能聯繫到薩蘭迪爾閣下？」貝利大法師嘆氣道，「我不求閣下現身，但哪怕只是得到他一個確切的消息，我就可以對在外面等的人群有所交代了。拜託，這只是一個陷入困境的老人微不足道的請求。」

聖騎士們面面相覷，似乎有所動容時，一位年輕的法師匆匆從廳外闖進來，驚慌失措地喊：「老師！不好了——」

眼看苦肉計就要得逞卻被人打斷，貝利大法師忍住不耐道：「我不是說，沒有重要的事情不要進來打擾嗎！」

「喔，我現在才知道，原來在大法師眼中，我們也只是無關緊要的小事。」

隨著一聲諷笑，幾個高大的身影推開身前瘦弱的法師，直接闖了進來。

幾乎就在他們進來的同時，原本靜靜站著的聖騎士們像被刺激到一樣，紛紛握住自己的劍柄並做出戰備姿態。

剛剛闖進來的幾位不速之客，顯然也看到了這幾位金髮的聖騎士。

「我還以為是誰呢。」領頭者低嘲，「原來是都伊的寵物。怎麼，你們那個有金髮收集癖的主神終於肯放你們來梵恩城傳教了？」

伊馮眼神一暗。他看向出言不遜者，目光在對方深色的皮膚、怪異的紋身，以及頭上的犄角上一一掃過，又看向一旁明顯一副糟糕表情的法師們。

向來溫和的聖騎士嗓音第一次變得如此冰冷，他憤怒地低喊：

「惡魔！法師，你們竟然和南方苟且！」

與此同時，小屋裡，伯西恩也說出了預言的結果。

「南方。」黑袍法師隨即有些戲謔地道，「偏偏在這個時候。」

圓廳內，被伊馮稱為惡魔的男人甩了甩身後帶著尖刺的尾巴。

「啊，祕密被發現了。」他歪頭一笑，「看來只有滅、口、了。」

光與暗之詩

DEAR MY THRANDUIL

CHAPTER ELEVEN

衝突

以利將世界劃作四方。

西邊是自然女神和精靈們的家園，是無垠的樹海。

東方是暗黑之神與惡魔的地盤，是墮落的深淵。

世界的中央則最為廣闊，被稱為中央大陸，以利將矮人、獸人、人類等種族劃分在中央大陸，因此種族之間的衝突也最多。

而北方，是以利所欣賞的巨龍們的家鄉，但為了防止巨龍衝進中央大陸，讓其他弱小的種族們生靈塗炭，用白海將龍島和中央大陸區隔開來。

以利並沒有創造南方。

是南方的人們，自己建立了南方。

†††

南方的種族不信神，不僅是都伊、火神、水神之類的神明，他們甚至不信眾神之神以利。

數百年前，南方的統治者建立自治區時曾宣言：既然以利沒有創造南方，那麼南方就不歸以利所管，然後這一幫開拓者便帶著他們的子女在這蠻荒、了無生機的陸地上用血汗去耕鋤，歷經數個世代，才有了現在的南方自由聯盟。

因此，南方人都是絕對的無信者，因為沒有信仰的拘束，他們誕生出了許多最繁雜，也最百無禁忌的混血——包括眼前這個惡魔混血的男人。

他幾乎有著和惡魔一模一樣的外貌、蜷曲而鋒銳的彎角、細長而長著倒刺的尾巴，還有那不祥的紋身，或許唯一不同的，只有惡魔混血不以人類靈魂為食。

然而有著這樣的外貌，無論他們是惡魔還是惡魔混血，都註定了與都伊的聖騎士們是天敵。

在男人故意挑釁之後，聖騎士們就拔出了各自的長劍。而在法師們開口阻止之前，兩批人就已經打在一起了。他們像是獵鷹看向狡兔，惡狗看見綿羊，不可避免地引發混戰。

貝利大法師能料想到的最糟糕場面終究還是發生了，他甚至苦中作樂地想，已經沒什麼更壞的消息值得他擔心了。

「沒用的。」他拉住身邊一個想要上前阻止的同僚，「只要讓南方人和都伊聖騎士在同一個場合，即便再來一百個法師也無法將他們分開。」

「難道我們要就這樣看他們打下去嗎！」被拉住的法師喊，「你覺得他們會付圓廳的修理費嗎！」

貝利大法師沉默了一會兒，挽起袖子加入了勸架的隊伍。

聖騎士們和混血們究竟誰占上風，法師們不在意，但如果他們打壞了圓廳，法師們就很心疼了。而他們救場的方法也很簡單，打暈一個算一個，兩方混戰的場面很快就變成了三方混戰。

像嫌棄這個場面還不夠混亂似的，率先挑起事端的惡魔混血嘲笑道：「帶著一個小屁孩外出，聖騎士們都是奶媽嗎？」

伊馮等人還沒動怒，原本在旁邊看好戲的「小屁孩」——紅龍雷德先忍不住了。他朝天噴了一口火焰，也衝進了混戰的人群。

一時間，火焰、魔法、神術四處飛濺，很快戰火就波及到了圓廳之外。當威嚴宏大的建築裂開第一道縫隙的時候，還沒有人注意到危險，然而當第一塊落地的巨石砸傷人時，人群很快就意識過來並四處奔逃。

正在戰鬥的聖騎士們是第一個意識到他們殃及無辜的，伊馮想要停手，卻差點被對面的惡魔混血一刀捅穿。

混血男人收回長刀，刀鋒上還冒著火焰。

「怎麼了，小綿羊？」他邪惡地笑，「你要為了這些路人，向我束手就擒嗎？」

伊馮只能繼續戰鬥。

然而，聖騎士們要顧及無辜，下手總有顧慮，混血們則沒有這些考量，繼續大開殺戒。

眼看聖騎士們漸漸處在下風，更糟糕的是，法師們也不站在他們這邊。

伊馮意識到，這不是小打小鬧、繼續單獨作戰的時候了。

「集合！」他高喝：「結陣！」

混血們退開幾步，看著聖騎士們從單兵作戰到互相配合，注意到對面的陣法中透露出肅殺之氣，南方客人們的神色也逐漸變得肅穆起來——和都伊的聖騎士們打團體戰，哪怕是獸人軍團都不能誇下海口說自己會贏。

「真給面子。」領頭的惡魔混血大笑。

鬧，鬧得越大越好！他巴不得今天的衝突被宣揚到人盡皆知！

這樣想著，男人揮舞著長刀，又上去迎戰。

†††

「小心！」

淩亂中，阿爾維拉拉起一個跌倒的法術學徒，同時問自己的夥伴：「怎麼回事，前面是誰打起來了？」

在一塊空出來的高地上，戴著兜帽的年輕銀髮精靈眺目遠望向圓廳。他的眼睛藏在兜帽的陰影中，卻能看清不遠處的一舉一動。

「是南方人。」銀髮精靈道：「那些混血在和都伊的聖騎士們戰鬥。」

他說罷，跳下高臺。

阿爾維拉看見精靈轉身就走，猶豫道：「我們就這樣放手不管嗎？」

「人類和混血的事，精靈沒必要插手。」銀髮精靈道，「而且既然他不在這裡，我們還得去別處。」

似乎眼前的戰鬥和哀嚎對他來說都毫無意義，他眼中只有一個目標，再無其他。

阿爾維拉還想說些什麼，卻被另一個同伴拉住。

「走吧。」他的同伴，一名年輕的女性精靈輕輕搖頭，「僅憑我們三個又能發揮什麼作用？況且，如果還找不到那一位，你讓殿下該怎麼辦？」

阿爾維拉無法反駁。

三名精靈悄無聲息地離開，就如同他們來時那樣。然而，混亂卻在他們離開之後進一步發酵，最終釀成了禍患。

†††

薩蘭迪爾得知圓廳那邊的消息時，正是伯西恩在解讀他的預言的時候。黑袍法師對預言法術顯示出來的資訊若有所悟，然而他只說了一個詞——「南方」，就再沒有透漏其他有用的資訊了。

薩蘭迪爾的耐性向來不好，就算在聖城隱居了一百五十年也沒有任何長進。隱居讓他學會掩藏自己的情感，卻沒讓他學會如何控制自己的脾氣。正當精靈對此有些不耐煩時，有誰輕輕敲打了一下窗戶。

精靈警惕地朝法師看去，伯西恩坦蕩道：「請放心，我還不至於剛獲得信任就洩露情報，應該是循著我的氣息而來的專用信使。」

他起身去推開窗戶，只見一隻藍色的小鳥跳到伯西恩指尖，親暱地蹭著法師的手指。

獸語者。薩蘭迪爾看一眼就明悟了。

雖然這些精通鳥獸語言的專家已經越來越少了，但是精靈並不意外黑袍法師有這項能力。看見伯西恩專心地與鳥兒溝通，他索性抱拳靠在牆邊，雖然薩蘭迪爾也能聽懂一部分的鳥獸語言，但是他不打算去偷聽別人的談話。

只是眼看伯西恩的表情漸漸有了變化，精靈不由得站直了身。

「壞消息？」他問。

「該怎麼說……」法師道，「這真是一個十分應景的消息。」

他看向精靈：「聖騎士們在圓廳，和南方的客人打起來了。」

「南方？是你預言裡所指的那一個？」薩蘭迪爾蹙眉，「你們梵恩城裡哪來的南方人？」

「這就是另外一條情報了。」法師輕聲道。

他似乎很樂意見到薩蘭迪爾因為他的話露出不滿的表情，那樣顯得精靈更生氣。

「現在聖騎士們和南方混血在圓廳打得不可開交，再加上那隻小紅龍，肯定會大鬧一場。動靜這麼大，消息傳出去只是遲早的事。你會怎麼做呢，薩蘭迪爾閣下？」

他玩味地看向精靈：「去制止他們，那整個大陸都會知道你離開聖城，來梵恩的消息——包括你潛在的那些敵人，他們會猜測你的目的，阻礙你行事；或者不去理睬，任由他們將圓廳掀翻，也正好為你轉移一下注意力，我想這也是個不錯的主意。」

薩蘭迪爾並沒有理會法師的審視，幾乎沒有思考就做出了決定。眼看精靈提起短弓走出去，伯西恩忍不住提醒：

「說不定這一場混亂，正是有人想要把你引出去。」

精靈頭也不回：「那就如他所願。」

†††

——砰！

刀劍發出激烈的碰撞，摩擦出刺眼的火花。伊馮附著在劍上的聖力很快就被一道黑色的火焰侵蝕。

「惡魔的伎倆！」他咬牙。

「哎呀，這只是法術而已，法術。」在他一臂之外，有著犄角的男人後退一步，「在聖職者眼裡，難道除了你們神明所賜予的力量，其他法術都是惡魔的伎倆嗎？」

伊馮任由對面的男人狡辯。事實上，他當然能分辨出這個混血所使用的法術，和法師們是截然不同的。

法師們施法時需要咒語和道具，他們透過不斷學習和沉澱，用知識操控自己的力量，而眼前這個惡魔混血只是甩了甩手，一道黑色火焰就出現在他身邊。這不是知識的累積，而是血脈的天賜，只有惡魔血脈，才能這樣如臂指使般使用這種能力。

他把這個稱為法術？

伊馮冷笑，就算是，也是惡魔的法術。

惡戰正酣，法師們都已經紛紛避開、去疏散人群，現在還在交戰的只剩下聖騎士與混血們，他們似乎非得打到一方徹底倒下才肯甘休。

貝利大法師此時已經遠離了戰場，在遠處旁觀。法師們在心疼已經成為廢墟的圓廳的同時，也不由得為這個場面感到頭痛。

「他們要打到什麼時候？」有人問，「我們又該怎麼辦？」

法師們左右為難，南方的客人是他們即將締結契約的盟友，萬萬不能有所閃失。可聖騎士們背後有聖城和光明神，出了問題也很令人頭疼。

比起焦頭爛額的同僚們，貝利倒是很鎮靜。

「等著吧。」老法師說，「都已經鬧這麼大，會有人出來解決的。」

像是為了印證他的預言，在聖騎士和混血們即將展開第三回合的激戰時，收拾局面的人出現了。

眾人先是聽到一陣破空之聲，隨即一道肉眼幾乎不可捕捉到的白光從天際射來，穩穩射中伊馮和混血相撞的刀劍！

金戈碰撞，引發強烈的衝擊波，將戰鬥中的兩批人都沖散開來。

這一箭的餘威久久不散，塵土飛揚，阻礙了視線，所有人不得不先停下手。

即便強壯如惡魔混血，也被衝擊波震得踉蹌幾步，勉強用被撞麻的右臂以刀撐地才停了下來。

「哇。」

他卻不以為意，抬頭朝箭矢射來的地方看去，用歡快的語調道：「我們的大人物終於來了。」

遠處，一座斷裂的高臺上，薩蘭迪爾鬆開了弓弦。

光與暗之詩

DEAR MY THRANDUIL

CHAPTER TWELVE

遠行

短弓其實不能射太遠，只能用於近身作戰。然而情急之下，薩蘭迪爾不得已將自身的力量凝聚在這一把弓上，強行使用的後果，就是使弓臂上出現了一道裂紋。

薩蘭迪爾心疼地摸了一下弓臂，然而現在沒有時間讓他感懷，他跳下高臺，向下走去。像是齊齊約好了一樣，在他走來時沒有人出聲。

他們都在打量他，這位以利的聖騎士。

《遊記》中曾經記載，薩蘭迪爾是在遊歷大陸的第二十年才成為聖騎士。在那之前，他是一名擅長使用弓箭的遊俠（今天倒是有不少人見識到了這一點）。當他成為聖騎士時，退魔戰爭正值高峰，身邊的夥伴在戰鬥中已經所剩無幾。再過不久，他更被他的族群拋棄，徹底寥然一身。

聽說精靈王曾經在戰爭前夕，召集所有精靈退回西方樹海，而這位王儲拒絕了詔令，許多精靈也選擇追隨在他左右。然而，在殘酷的戰爭經歷數年終於結束時，除了王儲自己，這些追隨者幾乎無一存活，西方精靈為此大折羽翼，薩蘭迪爾也因此被貶黜，被驅逐出樹海。

這聽起來有些不近人情，然而人類又怎麼會瞭解那些長壽種的想法呢？

再過數十年，薩蘭迪爾就隱居聖城，徹底從人們視線中消失。

無論是精靈的身分、被罷黜的王儲頭銜，還是以利聖騎士的稱號，都讓薩蘭迪爾成為世人矚目的角色。但是，或許已經沒有人記得，在最開始遊歷大陸時，比起他的實力，出色的容貌為他招來了更多的注意。

惡魔混血看見朝他們走來的精靈，下意識地吹了一聲口哨，從而引來伊馮的狠狠一瞪。

「生什麼氣？」混血男人笑道，「難道讚美美麗也是一種錯誤嗎？」

「惡魔，我不允許你用邪惡的欲望玷汙薩蘭迪爾大人。」伊馮警告地說著，舉起長劍，其他聖騎士們紛紛相隨。

就在兩批人又要引發一場械鬥前，薩蘭迪爾已經走到了廢墟之中。

「夠了。」他說。

似乎帶著些許疲憊，這句話及時制止了一場新的紛爭。不知道為什麼，兩批人都下意識地服從了他。

然後精靈環顧了一下四周，目光落在貝利大法師身上。出乎意料，他第一句問的是：「有人受傷嗎？」

貝利大法師有些受寵若驚：「沒有！不，是有一些，不過只是輕傷。」

一旁的法師們都目光灼灼地打量著精靈，倒不是因為他的外貌，而是在認真思考他的頭髮與血液會有哪些妙用。

薩蘭迪爾第二句提到的是賠償：「你們可以向聖城提交清單。」他把聖騎士們聚攏到身邊，看似客氣地對法師們道，「畢竟這場戰鬥因我們而起，卻損毀了你們重要的建築，如果還有別的賠償要求，我們也會滿足你們。」

這位大人物的脾氣有這麼好嗎？法師們面面相覷，正有些蠢蠢欲動，就聽到精靈冷冷地說出了第三個問題。

「不過在清算完賠償後，我也有一個疑問。為什麼——」他的目光轉向一直在旁的惡魔混血，「被禁止出沒於中央大陸的南方混血，會出現在梵恩城？法師們，你們有誰能解釋一下這個問題？」

終於來了！貝利後背汗津津一片，剛在想要怎麼解釋，那嘴賤的混血男人卻先開口道：「等一等，如果我們是在密謀怎麼攻下聖城呢？你準備怎麼做，立刻殺了在場所有人？」

他嘴角咧著笑，迎上薩蘭迪爾那令人生畏的銀色眼睛，卻毫不懼怕。

「還是說——」男人壓低聲音，故意挑釁，「你也和這些聖光的狂信徒一樣，不管我們做了什麼，又打算做什麼，都準備把所有無信者扔下地獄餵惡魔？」

法師們屏住呼吸，沉默無聲地蔓延。

精靈看了他好一會兒，沒有急於回答問題，而是當著所有人的面鄭重地取出一個東西。他對混血說：「等到查清楚你的目的後，我會再做決定。」

就在所有人警戒地以為他會有大動作時，下一瞬，精靈只是打開了卷軸，和聖騎士們消失在眾人面前。

消失……了？

消失了！

法師們過了好一會兒才回過神來，隨即有人恍然大悟，拍腿懊惱道：「是瞬移卷軸！他從哪裡弄來的瞬移卷軸？」

「我還沒有和他要到一根頭髮！」

「算了吧，剛才那種氣氛，你敢去要嗎？」

在法師們或懊惱或遺憾的背景聲中，惡魔混血利維坦摸了摸下巴，回想著薩蘭迪爾臨走前的那個眼神——帶著不滿、疲憊還有一絲關注，唯獨沒有厭惡，完全不像其他神明的狂信徒們看到他們這批南方人時會有的反應。

究竟是因為以利比較特別，還是因為這個精靈自己就很特殊？

「真有意思。」利維坦放聲大笑，隨即轉頭不客氣地道，「喂，法師，你能不能查到他去了哪裡？」

貝利大法師搖了搖頭：「那是不定向的瞬移卷軸。」

「真是遺憾，我還以為今天會有一齣好戲。」

利維坦渾然沒有意識到他們這一幫人帶來了多大的麻煩。

戰鬥的對手消失了，他便帶著同伴們離開，只是臨走前，若有所指地道，「法師們，今天以後，這個消息就會傳遍大陸，你們準備怎麼做？」

貝利大法師看著他，沉默半晌：「協議如舊。」

惡魔混血暢快大笑：「我保證，這是你們做得最划算的一筆買賣！」

貝利大法師注視著這群南方人離開，目光略沉，最終仍什麼都沒有說。

†††

「看來我錯過了一場好戲。」

伴隨著瞬移法術的破空聲，一個有些耳熟的聲音在大法師身後響起。

「舞臺已經謝幕。」黑袍法師從法陣中緩緩走出來，「你還留在這裡，是等著準備收拾殘局嗎，貝利閣下？」

「伯西恩。」貝利警惕地看向他，「過了這麼久，你去了哪裡？」

伯西恩冷笑道：「我回自己的法師塔難道還得一一報備？」

「你最好……」老法師還是不放心，準備告誡一番。

「你最好不要命令我做什麼。」伯西恩的聲音徹底冷了下來，「南方協議的事已經藏不住了，那個惡魔混血肯定是故意的，貝利閣下，你不如擔心擔心自己。」

「難道你不是我們的一員嗎，伯西恩？」貝利大法師看向他，「身為梵恩學院的一份子，你以為自己能從這片混亂中抽身？我不知道你要做什麼，伯西恩。」

他湊近年輕的法師，老邁渾濁的雙眼中帶著鄭重的警告。

「永遠不要自以為是，我們有能力培養你，自然也有能力毀了你。奧利維家族的血脈不止你一個，你永遠不是無可替代的。」

當他說完這句話時，看到血色一瞬間從年輕的法師臉上褪去，原本已經很蒼白的臉龐變得宛如一張白紙，那雙黑色的眼睛也像結了一層霜凍。

貝利大法師一瞬間有些後悔，也許他不該說這麼重的話，畢竟伯西恩……

「不需您好意提醒。」

在貝利想試圖彌補之前，伯西恩後退幾步，為兩人隔開距離。

明明已經是春天，他的聲音卻好似從寒冬中來。

「我永遠記得，自己在你們眼中是什麼東西。」

黑色的眼睛中蘊藏著最冰冷的火焰，似乎即將醞釀出一場風暴。然而，他最終只是對老人克制地彎腰一禮，「恕我無法奉陪，告辭。」

「等等！」貝利不由得喊住他，想要開口卻不知道該說些什麼，只能道，「剛才那個瞬移卷軸……」

伯西恩輕笑一聲。

「我怎麼敢和偉大的以利聖騎士攀上關係呢？如果他知道了『預言師』失蹤的真相，第一個想殺的就會是我。」

貝利大法師終於放心了，然而他沒有看到，離開時伯西恩臉上的譏諷和嘲笑。

† † †

「你記住。」

威嚴而優雅的聲音在頭頂響起。

「遠行是一場學習，遇到的一切挫折、磨難與困苦，最終都是成就你的老師。」

在眾多同族的注視下，精靈王為年輕的後裔戴上樹葉花環。

「希望歸來時，你已成為足以帶領我們前行的引導者。」

旁觀儀式的精靈歡呼起來，少年瑟爾抬起頭，對精靈王眨了一下眼睛。

「希望我能順便帶個媳婦回來給你，老爸。」

薩蘭迪爾很久沒有做夢了，當他的思緒從夢境中回神，望見頭頂漫天飛舞的雪花時，也愣了好一會兒。

眼前盡是白茫茫的一片，他四處環顧，發現聖騎士們呻吟著躺倒一地，看來瞬移法術的威力讓他們都不太好受，薩蘭迪爾有些懷疑黑袍法師給他的是劣質卷軸。

小隊長伊馮是繼他之後，另一個清醒的。

「大人。」聖騎士小隊長捂著腦袋，「我們這是……天啊，這是——」

看清眼前的場景後，他不由得驚呼，「這是哪裡？」

薩蘭迪爾看了一眼手中廢棄的卷軸，淡定道：「顯而易見，這是一座雪山。」

「可是，最近的雪山離梵恩城也有萬里之遙！我們現在是在西方山脈，還是獸人山麓？」

「無論在哪裡，不過是一場遠行。」精靈說。

在他們身旁，剛剛清醒的艾迪似乎欲言又止。

「可是我們現在連一匹馬都沒有……」伊馮輕輕蹙眉，「或許我們可以看看附近有沒有城市，借用一下他們的傳送法陣。」

「我說……隊長和薩蘭迪爾大人！」艾迪終於忍不住打斷了他們的對話，「先不講我們現在的位置，你們難道沒有發現嗎？」

另外一人和一精靈齊齊看向他，有些疑惑。

「雷德不見了！」艾迪喊道，「我看到他被一個法師的魔法擊飛了！他很可能沒有跟我們一起瞬移離開，現在該怎麼辦？他一隻龍被留在了梵恩城！」

薩蘭迪爾沉默了好一會兒，起身，踏步離開。

「……遠行，本就是一場充滿苦難的歷練。」

光與暗之詩

DEAR MY THRANDUIL

CHAPTER THIRTEEN

紅薔薇

「唔？」

雷德有點迷糊地揉了揉腦袋。

「這是哪裡？」

被擊飛的小紅龍抬頭爬起來，想要看看自己被轟到了哪裡，卻只看到一片帶著荊棘的綠色植物。他有些莫名其妙，難道他被擊飛這麼遠，到了一個樹林裡？

然而，雷德很快鬆了一口氣，當他摸索著從花園裡走出來，看到熟悉的梵恩城屋頂時，就知道自己並沒有被擊飛很遠。

他想要快點回去找艾迪他們，卻因為一個意外被攔下了腳步。

「那個，不好意思，打擾一下。」

身邊突然傳來一道聲音。

「對，是你，就是你，能不能幫我一個小忙？」

紅龍狐疑地四處張望：「誰在那裡？出來！」

他警惕地弓起背，做出巨龍攻擊前的標準姿態。

「嗯，事實上如果可以，我也很想過去。不過這裡暫時有些麻煩——我就在你身後，對，正後方。如果你不像一隻獵犬一樣爬在地上的話，轉身抬頭就能看見我。」

竟然把偉大的巨龍說成是獵犬！雷德惱火地想，等他找到這個人一定要把他一口吞下去，不管他好不好吃！

可是他回過頭，卻只看到了一座石像。

「你騙我！這裡根本沒有人！」紅龍惱羞成怒。

「有人，有人，就是你眼前的這座石像。」

雷德瞬間沒有了胃口，他看著石像，仔細一看，發現它的確栩栩如生，就像一個真人。可是再怎麼像，石頭也不能吃，他氣憤地道：「你是哪位法師的魔像？欺騙我有什麼陰謀？」

「事實上，我不是魔像。」困在石化術裡的阿奇幾乎想翻白眼，要不是他等了半天才等到這一個人，也不會有耐心跟這個傻小子解釋那麼久，「我只是被施展了石化術，只要你幫助我，我很快就能恢復原狀。」

雷德終於聽懂了，不過他沒這個耐心。

「你去找別人吧！我還要回圓廳打架。」他轉身就要走。

「等等！你說什麼？圓廳打起來了？誰和誰？有人受傷嗎？等等——」眼看人越走越遠，阿奇終於使出大招，「站住！那個從天上掉下來，像是落湯雞的紅髮小子！」

遠去的人影一瞬間回到眼前。

「你說什麼！你有種——再、說、一、遍！」

這傢伙的犬牙可真尖，幸好我現在不怕被咬。

看激怒有效，阿奇連忙改口道：「事實上，我只是想提醒你學院裡有防禦結界，你雖然意外進來了，但不一定能那麼好運地出去。如果你幫我解開法術，我可以帶你……」

「你說誰是落湯雞？」雷德卻不理他，「你敢說我——偉大的雷德是落湯雞！」他的瞳眸隱隱發紅，這是變身前的徵兆，「人類，你要為你的無禮付出代價！」

——等等，等等！是不是有什麼不對勁！我的確是看出了這小子很容易被惹怒，才會故意說話招惹他，但沒想到他被惹怒後會一點理智都沒有啊！

百密一疏的阿奇連連叫慘，雖然石化術暫時能保護他，可他真的被這個紅髮的奇怪傢伙嚇到了，誰知道這個暴躁的傢伙會對他做些什麼！

就在阿奇猶豫著是否要使出最終一招時，又有人造訪了這個偏僻的花園。

「氣息就在這附近，很濃郁。」

「謝謝你們為我帶路。」

「我問過薔薇。他已經離開了，不過這裡應該有其他人見過他。」

隨著說話聲逼近，三個戴著兜帽的身影出現在一人一龍眼前。

驟然相逢，兩方都有些吃驚。

阿奇·貝利心想，今天是什麼日子？為什麼一個兩個都從薔薇花園裡跑出來？那裡在舉行什麼神祕派對嗎？

而三名不速之客看了一眼面前的情景，須臾，其中一個有些不高興地道：「紅龍。為什麼這麼暴力的生物會出現在這裡？」

雷德站起身，輕輕嗅了一下鼻子。

「啊，討厭的味道，比那個壞心眼的傢伙還要難聞。」他的眼瞳變成豎紋，看著眼前的三個兜帽人，「精靈。」

——嗯？等等，誰能和我解釋一下？紅龍、精靈？

一座梵恩城裡，什麼時候出現了這麼多高等生物？

還困在石化術中的阿奇·貝利開始懷疑人生。

要不是我還沒睡醒，就是我瘋了！伯西恩老師，你對我施的究竟是什麼咒語！

†††

「已經確定了，這裡是靠近獸人部落的雪山。」艾迪從遠處回來，「附近沒有人類的村莊，但是我看到了獸人的腳印。」

「白色長城——獸人山麓嗎？」伊馮低嘆了一聲，「這裡在梵恩城的東南方，水平距離一千公里，海拔四千公尺，即便騎著駿馬也要奔馳一個月才能回去。我們把小紅龍弄丟了，該如何對聖者交代？」

不知道去了哪裡的薩蘭迪爾，在這時候回來和他們集合。

「不用交代。」精靈說，「我剛才聯繫了梵恩城裡的人，他會負責找到雷德，並把他送來和我們集合。」

艾迪有心想多問一句那個人是誰，但是看薩蘭迪爾不願多談的模樣，也只能放到一旁。

薩蘭迪爾眺望著遠處一座座白色蓋頂的山峰。

「這裡是最靠近南方的雪山。」他說，「從這裡再往南走百里，就是南方自由聯盟。而向西百里，則是一個人類王國。我記得，那個王國的名字是——」

「紅薔薇騎士王國。」

伊馮介入，不由得多看了薩蘭迪爾一眼。

「是叫這個名字。」精靈並沒有什麼觸動，只是淡淡地點頭，「之前聽彌撒亞說這裡最近發生了一些怪事，既然來了，在等雷德和我們會合的時候，就順便調查一下吧。」

艾迪看著他若無其事地走開，小心地走到伊馮身邊道：「我怎麼感覺大人有些奇怪？他好像心情不太好。」

伊馮擺了擺手，示意他不要再說下去。

紅薔薇騎士王國，在一百多年前的那場退魔之戰前，其實不叫這個名字。有傳言說，是因為戰爭中逝去了太多生命，那些亡者的血液將大地染紅，才改取了這個新名。而伊馮因為某些緣故，知道的比一般人更多。

紅薔薇王國，是薩蘭迪爾失去第一名同伴的，舊殤之地。

†††

「這不止五個銀幣！這是我親自做的藥劑。」

市場裡，年輕的精靈挑起眉，顯然有些惱火：「它的功效比藥劑師行會裡的出色百倍，你竟然用比藥劑師行會更低的價格，收取我的藥劑？」

他對面，還不到他腰部的半身人搖了搖頭。

「藥劑師行會的藥劑都有官方標籤，保證效用。而你，除了你自己誇耀藥劑效果之外，誰來為你作保呢？年輕人，我們也是擔著風險收購你的藥劑的。」

精靈幾乎被氣笑了：「擔著風險？難道不是你打壓了其他散戶，讓他們都不敢買我的藥，逼我只能賣給你嗎？」他拎起半身人的衣領，「你以為我不知道？」

矮小的半身人被他拎得懸在半空中，驚慌失措道：「放開我！你這該死又粗魯的傢伙！我從沒見過像你這麼莽撞的精靈，你一定是混血！是惡魔和精靈的混血！」

瑟爾見他口出不遜，更加惱火，正要揍人前卻被人輕輕按住了肩膀。

「冷靜點，夥伴，你揍了他，就一定出不了這座城。這個奸商給了這個城市的城防官們不少賄賂呢。」

瑟爾回頭，看見一個一身黑色皮甲的刺客正一臉勸誡地看著自己。

「要我說，」這個正大光明出現在市場裡的刺客道，「不如等他出了城，到時候你再做什麼，誰都管不到。」

「哈哈哈哈哈！」

聽著往事的夥伴們大笑起來。

「我想像不到瑟爾被一個半身人欺騙是什麼模樣！都怪他平時太囂張了，我都沒見過他吃癟。」坐在一張椅子上，手握長劍的女人笑道。

角落裡，把玩匕首的刺客微微一笑。

「事實上，當初那個半身人說的一句話我很贊同——真是從來沒見過這麼莽撞急躁的精靈。瑟爾，你父親一定把你照顧得很好。」

正在擦拭長弓的精靈忍不住挑了挑眉，此時的他已經褪去了一些青澀，沒有初出茅廬時的躁動，顯得沉穩了一些。

精靈道：「我也沒有見過一個敢在大白天走在街上的刺客。貝利，你沒被城防隊直接抓走真是好運。」

「喔，這你就說錯了。」刺客貝利笑了笑，「我可不是什麼刺客，我只是一名正在學習魔法的——」

「法師學徒。」法師奧利維優雅地接過話，「那麼，你得祈禱下輩子投胎換一個天賦，否則，連瑟爾都見不到你學成魔法的那天了。」

刺客朝天翻了個白眼，索性趴到窗臺上看風景。

「我討厭你們這樣打擊別人的積極性，等著吧，總有一天，不是我就是我的後裔，一定會成為名揚大陸的大法師。」

「大法師貝利！」

「加油吧，一定要成為比奧利維還厲害的法師。」

聽著夥伴們友善的笑聲，刺客其實並不懊惱。

「窗外的風景不錯，真想讓人睡一覺。」他笑問，「喂，這個國家叫什麼？」

旁邊有人笑答：「白薔薇騎士王國。」

「不錯的名字。」

卻不曾想，長眠於此，血染成紅。

光與暗之詩

DEAR MY THRANDUIL

CHAPTER FOURTEEN

獸人山麓

獸人山麓天氣嚴寒，體質孱弱的人類在這裡難以生存，只有皮毛豐厚的獸人可以勉強適應這裡的氣溫。然而一旦到了冬天，就連獸人們也堅持不下去了，只能穿過峽谷往山脈後面的獸人平原退去，也因此每逢冬季，附近的人類國家遭受獸人侵襲的頻率就會大幅降低。而與之相反的，則是夏季的獸潮。

眼下正是初春，退到平原和峽谷避冬的獸人還沒有大舉返回，因此整個白茫茫的山脈丘陵之間，只看得到聖騎士們艱難跋涉的身影。

雖然沒有豐厚的皮毛，但對於身體強壯的聖騎士們來說，這點低溫並不能阻礙他們前行。比起溫度，積雪才是妨礙他們的最大屏障，因為沒馬匹，一行人只能在深山中艱難步行。

「我們先去最近的人類城鎮，留兩個人在那裡接應雷德，其餘自願的人可以跟我一起去這附近調查。」

聖騎士們沒有異議，於是由薩蘭迪爾在前方帶路，帶著一群人跋涉下山。

因為精靈優秀的視力和相對輕盈的體重，此時沒有人比薩蘭迪爾更適合當探路的斥候了。

「怎麼了？」注意到薩蘭迪爾突然放慢步伐，伊馮四處環顧，戒備道，「前面有獸人？」

薩蘭迪爾搖了搖頭，似乎有些困惑。

「不，我看見前方有一座廢棄的獸人村莊裡好像有人影。這個季節，獸人還不應該出現在山裡，事有古怪，我想去看一看。」

伊馮不放心讓薩蘭迪爾獨自前行，最後是艾迪自告奮勇，陪精靈一起去探索那座廢棄村莊。

然而，其實艾迪別有目的。路走到一半，這位年輕的聖騎士就忍不住問道：「那個，薩蘭迪爾大人，我有一個問題不知該不該問，您是不是……不喜歡雷德？」

正在觀察周圍環境的精靈聞言，停住步伐。

「為什麼這麼問？」

「我覺得您對他有點太嚴格了。」艾迪坦白道，「在聖城的時候，懲罰他可以說是他咎由自取。可是這一路走來，雷德也算融入了我們，但您一路上對他都不假辭色，更像是在故意冷漠他。而且說一句不敬的，我不覺得您會大意到把雷德忘記在梵恩城，我覺得……您是故意把他丟在那裡的。」

艾迪說完這句話後有些不安，但還是抬頭勇敢地迎視薩蘭迪爾。

「如果是我過度揣測，我願意接受任何懲罰。但如果是真的，我希望能得到您合理的解釋。」

精靈靜靜看著艾迪，飛雪飄過他的銀髮，沾上他的睫毛。

「你猜對一半。」精靈眨了眨眼睛，抖落雪花，聲音清冷地傳來，「雖然我不是故意把雷德丟下的，但我的確不希望他和我關係太過親密。」

「為什麼？」和紅龍關係還不錯的艾迪著急道，「也許您沒有察覺，但我知道雷德其實是十分敬慕您的，為什麼您……」

薩蘭迪爾沒有立即回答，只是徑直往前。他修長的身影在冬日的山林間靈敏地躍動，很快就把艾迪甩掉了。

見狀，艾迪連忙追上去，卻不經意踩上一截乾枯的樹枝。樹枝斷裂發出碎裂聲，那聲音在寂靜的雪景中顯得異常響亮，驚動了在樹枝上假寐的鳥雀。

嘩啦啦，一群冬鳥騰空飛起，鬧出不小的動靜。而不遠處的村莊內，有個黑影聞聲，立刻遁去。

艾迪立刻意識到自己可能打草驚蛇了，他握住武器，想要衝過去抓住黑影，卻被薩蘭迪爾輕輕按住肩膀。

「等等。」精靈攔下他道：「那不是獸人。」

良好的動態視力讓他在一瞬間看清了那個被驚動的黑影。不過說那黑影不是獸人也不完全正確，只能說那不是一個完全的獸人。

薩蘭迪爾從雪坡上一躍而下，平穩落地。

「出來吧。」

他走上前幾步，只在雪地上留下很淺的腳印。

「如果你躲在這裡不是想要攻擊人類的村莊，我們就不會攻擊你，我以我效忠的神靈名義發誓。如果違背，我必將遭到神靈厭棄。」

對於所有有信仰的人而言，這已經是極其嚴肅的誓言了。

躲在廢棄村莊裡的人卻沒有動靜。

薩蘭迪爾微微蹙眉：「如果你不主動出來，等我們找到你就沒這麼客氣了，半獸人。」

艾迪握著長劍站在旁邊，似乎只要薩蘭迪爾一聲令下，他就會衝進村子翻個天翻地覆。

這一句話似乎比之前的誓言有效果，過了好一會兒，精靈聽見雪地裡響起了輕微的動靜，又耐心地等了一陣子，一個披著破爛風衣的矮小身影出現在他們面前。

艾迪道：「半獸人，請拿下你的帽子。我們只想確認你的身分，決不食言。」

矮小的人影猶豫了好一會兒，終於抬起手，顫顫巍巍地拉下帽子。

「你——！」

在看清人影的那一瞬，薩蘭迪爾的瞳孔猛地縮緊，握著短弓的手克制不住地爆出青筋，似乎看見了什麼難以想像又令他憎惡的東西。

†††

「怎麼會是你！」雷德氣急敗壞地跳起來，「為什麼你這個法師會出現在這間屋子裡！」

「伯西恩老師！」

「法師？」

另外兩聲驚呼也同時響起，分別來自雷德身後的法師學徒和精靈。

「這明明是薩蘭迪爾為我們準備的小屋，邪惡的法師，為什麼你會在這裡？」雷德錯愕又惱怒。

也不怪他反應會這麼激烈，任誰在剛才和法師們打完一架，好不容易輾轉回到安全的小屋，迎來的卻不是自己的同伴，而是另一個心懷叵測的法師，都會有這樣的反應。

「薩蘭迪爾呢，艾迪呢！你把他們怎麼了？」

聽到紅龍的質問，法師學徒驚訝地張大嘴，精靈們則是舉起武器，對準了黑袍法師。

而黑袍法師原本只是坐在椅子上靜靜翻著書頁，直到這時候才抬眸望來。

「真是令人吃驚的組合。」他黑色的眸子掃過門前的一群人，「精靈、巨龍，還有一個蠢笨的法師學徒（阿奇不甘地漲紅了臉）。只要再加上一個騎士，你們這支隊伍就可以完成標準配置，直接去進行『勇敢又偉大』的冒險了。」

雷德對他呲牙咧嘴。

「回答我，你是怎麼闖進來的？法師！」

「事實上，我是受邀進來的。」伯西恩站起身，看向紅龍，「並受託成為你的臨時監護人，將你送往南方。」

「你在放什麼狗屁！」

雷德正想噴火，卻被人攔住了。一直站在最後的精靈們走上前，其中一個摘下兜帽，直視伯西恩。

「你身上有他的氣味。」年輕的銀髮精靈道，「不過我想不通，他為什麼會和一個法師合作？」

「我也想不通。」伯西恩看著有些眼熟的髮色，「為什麼來自西方樹海的精靈會和我的學生，還有一隻紅龍在一起？」

「我要找到薩蘭迪爾，而他們都見過他。」銀髮精靈算是解釋地道。

「真有趣。」伯西恩說，「我正巧也要找他。」

他的眼神在眼前這個銀髮精靈的身上掃過，像是察覺了什麼，微微勾起唇角。

「不如我們結伴同行？先自我介紹，我是伯西恩．奧利維，梵恩城的法師，同時也是薩蘭迪爾的臨時盟友，現在要遵照薩蘭迪爾的囑託，負責將這隻迷路的紅龍送到他的同伴們身邊去。」

銀髮精靈猶豫了一下，最後還是開口：「艾斯特斯……安維亞。」

精靈們的禮儀，是在對方說出真名的時候也必須以誠相待。

伯西恩顯然得逞了，聽到名字的一瞬間，他的黑眸中閃過了然。

「所以，又一個精靈王的後裔。」這一次，他的聲音中帶著幾分冷譏，「看來對精靈們來說，隨便換一個王儲也不是什麼難事。」

艾斯特斯不解地看著突然露出敵意的法師，卻見法師又自嘲地笑了笑。

「這又關我什麼事呢？」伯西恩自言自語，接著轉移話題，換上那副讓人不快的笑容，「剛才說到哪裡了？對了，尋找薩蘭迪爾。為了讓幾位安心，我可以先分享自己的情報。最新消息是，他們剛剛降落在獸人山麓。」

「獸人山麓？」

阿爾維拉低呼一聲，身邊的女性精靈連忙對他搖了搖頭。

「喔。」伯西恩若有所思地道，「看來幾位知道一些什麼。獸人山麓怎麼了？」

兩名精靈低下頭，不願回答。

過了好一會兒，就在阿奇和雷德都有些好奇的時候，才聽見那個和薩蘭迪爾有同樣髮色的精靈出聲。

「獸人山麓。」艾斯特斯面無表情地道，「是我們同胞曾被奴役之地。」

† † †

艾迪不敢相信自己的眼睛。天啊，眼前這個傢伙究竟是什麼？

雖然薩蘭迪爾大人早就說過這是一個半獸人，但是都伊在上，他從來沒有見過這麼令人噁心的半獸人！長滿獸毛的臉、暴露在唇外的尖牙、斑駁的皮膚，這都是獸人的特徵！可是眼前這個傢伙，竟然還有纖長的尖耳、纖細的四肢以及翡翠般的眼睛！

天啊，這是精靈和獸人的混血！

可是哪有精靈會自願與獸人繁衍後裔，所以這個混血是怎麼來的，已經不言而喻……艾迪心下微涼，不由得朝薩蘭迪爾看去，卻見到精靈已經閉上了眼睛。

第一次，那張總是冰冷的臉孔上，露出了顯而易見的憤怒與絕望。

那是對自己的憤怒，對過去的絕望。

在他們面前，矮小的半獸人驚慌地跪倒在地，嘴裡發出幼獸般求饒的嗚嗚聲。

薩蘭迪爾再次睜開眼，看著眼前這個醜陋、有著獸人和精靈兩種血脈，本不該出現在這世上的生物。精靈半跪在地，伸出自己僵硬的雙手，將半獸人摟在懷中。

「對不起。」他沙啞地道，「讓你出生在這世上受苦，讓你的母親遭受凌辱而死——是我的罪。」

同時，千里之外，梵恩城的小屋裡，艾斯特斯冷聲道：「讓一千名精靈淪為獸人的奴僕，絕望自盡——是他的罪。」

†††

寒風中，篝火小心翼翼地晃動著紅色的觸鬚，試圖在風雪中殘喘。

聖騎士們在篝火附近輪流安排人值守，剩下的人則在避風的屋簷下小憩。在輪完崗後，艾迪小心地走到伊凴身邊，看見伊凴手中握著一塊菱形的白色寶石，低頭虔誠地念著聖言。

年輕的聖騎士安靜地在旁邊等候著，過了好一會兒，做完禱告的伊凴朝他看來。

「什麼事？」

「隊長。」艾迪往火堆那邊看了一眼，小聲道，「關於……關於薩蘭迪爾大人的事情，您瞭解多少？」

「不比你們多。」伊凴回答，「除了你們都知道的那些傳聞故事，我唯一有所瞭解的，只有出發前光明聖者大人對我說的一些告誡。」

「告誡？」

「絕對不要在大人面前提起退魔戰爭，絕對不要提起他過去的那些夥伴。」伊凴說。

艾迪嘆了口氣，就地坐下來。

「雖然我也經歷過幾次戰役，但是我總覺得我們經歷過的戰爭，和薩蘭迪爾大人的那些經歷是完全不一樣的。」

伊馮沒有發表意見，聽著年輕的聖騎士繼續說下去。

「我們為光明神而戰，為信仰而戰，其實說到底也是為了我們自己。可是大人呢？一百五十年前，他與惡魔戰鬥到最後，為大陸帶來了希望，是我們口中的英雄。可是我今天才知道，其實他失去的遠比他得到的多。他後悔過嗎？說實話，我曾經羨慕大人受到以利寵愛，地位崇高，但是今天——」年輕的聖騎士嘆息，「我卻覺得他如此孤獨。」

「其實按照人類的年齡來換算，薩蘭迪爾大人如今才不過是二十出頭的青年。」伊馮靜靜聽完，「這個年紀，和我最小的弟弟一樣。我的兄弟還需要我照顧，大人卻要照顧我們所有人。或許成為強者，本身就意味著孤獨。」

艾迪：「可如果沒有他，怎麼會有我們呢？」

如果沒有薩蘭迪爾力挽狂瀾，大陸上的人類國家早在一百五十年前的魔潮中盡數覆滅了。

兩名聖騎士關於薩蘭迪爾的討論還在低聲繼續著，而篝火的另一邊，薩蘭迪爾一直在照顧著半獸人。

在被薩蘭迪爾的擁抱安慰過後，半獸人似乎從精靈身上獲得了一些安全感，此時正依靠在薩蘭迪爾的膝蓋上沉沉睡去。

薩蘭迪爾俯身，仔細用手描摹半獸人的臉龐，試圖在他的面容上發現熟悉的輪廓，生下他的母親會是哪一個精靈？

是那個總是愛抓著自己，要求必須遵守精靈禮儀的弓箭手艾娜？還是陪伴愛人，一起在他的近衛營中服役的愛莫西？或許，是最後時刻前去探查消息，卻了無音訊的莉利貝塔？

薩蘭迪爾記得一百五十年前每一個失蹤的精靈名字，這百年來，每次夢回也總忘不了他們的身影。

他有多懷念這些同伴，就有多憎恨自己。還記得那日，精靈王為剛成年的他戴上花冠，他說：希望歸來時，你已成長為我們的引導者。

瑟爾卻永遠回不去了。

天際微微透露出一抹雲白，伊馮走過來向薩蘭迪爾請示是否要繼續下山，最關鍵的是，他們不知該如何處置這個半獸人。畢竟人類的城鎮是絕對不會接受獸人的，混血也不行。

薩蘭迪爾一夜未眠，聽見詢問後，許久才開口道：「你們先下山。我安置好他之後，回去城裡與你們會合。」

分別時，艾迪回頭看了一眼站在半山腰目送他們的精靈，福至心靈地，他突然明白了昨天薩蘭迪爾的回答——或許，薩蘭迪爾不是在疏遠雷德，而是在疏遠他們所有人。

†††

「你在幹什麼？」

阿奇·貝利嚇了一跳，回首發現紅髮少年站在自己身後，那雙在夜色中會像野獸一樣發光的眼睛，正緊緊盯著自己。

「你要趁我們不注意，偷偷跑回去向那些法師報信嗎？」雷德戒備地看著他，似乎只要法師學徒露出些微破綻，就會一口吞了他。

已經知道紅龍真實身分的阿奇·貝利自然不會再試圖欺騙對方，連忙解釋：

「不！我只是想查清楚一些事情。你難道不好奇嗎？」

他努力讓自己的語氣充滿誘惑性。

「昨天那個精靈說薩蘭迪爾是罪人，說他害死了一千名同族！」阿奇故意誇張地說道，「一千名！要知道，精靈可不像人類這麼容易繁衍，那可是一個不小的數目，我非要查清楚這是怎麼回事不可。」

紅龍蹙起眉頭。

「一百五十年前，不是正值退魔戰爭嗎？灰矮人和惡魔入侵中央大陸，生靈塗炭，犧牲人數多一些也沒那麼奇怪吧。」

「不不不，這你就錯了。」阿奇搖頭道，「你沒注意到白天時，伯西恩老師和那個精靈的交談嗎？那個銀髮精靈可是現在西方樹海的新任繼承人！現任繼承人來尋找前任繼承人，還故意提起舊事，用你的腦子想想，那個叫艾斯特斯的傢伙對薩蘭迪爾會是什麼態度？」

「我當然知道他是來找那傢伙麻煩的！」雷德不快道。

「不僅如此，如果真如他所說，那一千名精靈的犧牲和薩蘭迪爾有關，我想，這次他們恐怕還是來問罪的。不過——」阿奇說，「如果我在學院裡遇到的那個精靈真的就是你們口中的薩蘭迪爾，我不相信他是那種會讓自己同胞白白犧牲的人。」

雖然只有一面之緣，但是阿奇對薩蘭迪爾卻有一種莫名的好感。

「我也不信。」雷德沉默了一會兒，道，「薩蘭迪爾雖然傲慢又狂妄，但他是一個品格端正的強者。巨龍的長輩尊敬他，我們不會看走了眼。」

「那還等什麼？」阿奇眨了眨眼，推開小屋的門，「走吧，就讓我們親自去查一查事實真相究竟是什麼。」

雷德被說服了，於是本來是半夜過來抓人的紅龍，現在成了法師學徒的共犯。

兩個少年一前一後，躡手躡腳地離開了小屋。而在他們沒注意到的二樓窗邊，卻有一個身影一直注視著他們。

半個時月後，阿奇和雷德成功潛入了梵恩城最大的一家圖書館，在熟悉道路的阿奇帶領下，兩位少年躲過了守門人的耳目，潛進圖書館的書籍珍藏室。

「獸人山麓、退魔戰爭，有了！在這裡。」阿奇抖落書上的灰塵，「好重啊，雷德，過來幫我拿一下。」

紅龍少年有些不情願地道：「誰允許你直呼我名字的，人類。」

「偉大的雷德大人，請幫助一下弱小無用的人類吧！」

阿奇立刻改口，這一次，紅龍心滿意足地替他接過幾本厚厚的書籍。

「《退魔戰爭記事》有記載，『在當時西方樹海王儲薩蘭迪爾的帶領下，將近五千名精靈離開了樹海，投身於中央大陸的戰事之中，成為人類最可靠的同盟。』哇塞，五千名精靈！當年的薩蘭迪爾很有號召力啊！」

阿奇嘖嘖感嘆，看不懂人類文字的雷德不耐煩地催促他：

「快讀重點！」

「別急，至少我們得弄清楚事情緣由。」阿奇繼續翻頁，「『灰矮人們從東方發起進攻，戰火很快波及大陸腹地，而薩蘭迪爾和他的同伴在獸人山麓遭遇到獸人和灰矮人的聯軍。』不對啊，這和我歷史課上學的不一樣。」

法師學徒驚訝道：「我們老師說過，退魔戰爭中，獸人是與人類聯盟一同應對魔潮的。為什麼我不知道獸人曾經與灰矮人聯手？等等，讓我再確認一下。」

他又打開另一本書。

「沒錯啊，這裡面記載著惡魔出現的時候，獸人的確是和我們同一個陣營的。等等，戰爭前期惡魔並沒有出現，而是一直由灰矮人在打前哨戰，這是不是說明戰爭初期，大陸上其他種族，包括獸人們，都不知道這是又一次魔潮侵襲，只以為是一場普通的種族戰爭？這樣說起來，一向與人類不睦的獸人會在灰矮人的蠱惑下協同攻擊人類，也是合理的。」

雷德不耐煩道：「我不關心獸人究竟與誰是一夥的！你看吧，看完後直接告訴我結果。」

說完，紅髮少年往書桌旁一躺，翹著二郎腿看著星星說道：「中央大陸的事真麻煩，在我們龍島，沒什麼是打一架解決不了的。」如果有，那就打兩架。

阿奇已經完全沉浸在查閱歷史的真相中了，他在一本本厚重的書籍中來回翻頁，幾乎像著魔一樣喃喃自語。

「獸人山麓戰役之時，大多數人還不知道戰爭背後真正的始作俑者，只以為是灰矮人和獸人聯合，向富裕的人類王國發起了一場侵略戰爭。不過這時候精靈們似乎有所察覺，精靈王召令大陸上所有的精靈退回西方樹海。

身為王儲的薩蘭迪爾卻違抗精靈王的命令，帶著五千名精靈加入戰爭。他們在獸人山麓與灰矮人及獸人麓戰，精靈們在薩蘭迪爾的帶領下，本已佔據上風，然而這個時候——惡魔出現了。」

阿奇怔怔地放開手，看著書籍配圖中，那些渾身冒著黑色火焰的怪物。

†††

「貝利。」

夜色中，精靈望向戰友。

他騎在一匹從西方樹海帶來的戰馬上，身後是整裝待發的大部隊。

「你真的不和我們一起去？」

刺客的黑衣幾乎和夜色融為一體。

「不了，城鎮總得有人看守，跟隨你來的精靈們也得有人照顧，不是嗎？」像是能看穿瑟爾的心事一般，刺客對他眨了眨眼，「放心吧，留在這裡的精靈我都會替你照顧好。倒是你瑟爾，獸人帶來的情報不知是真是假，一切小心。」

瑟爾點了點頭，其他同伴們也一一與刺客告別。

站在城牆上目送夥伴們遠去，刺客有些感慨道：「真沒想到，我也會有為了守護一座城市而留下來的一天，尤其還是這一座城市。」

身後的精靈們好奇而友善地看著他。

刺客打趣道：「我第一次與瑟爾見面就是在這裡，當時我們還差點和城裡的城防隊員打起來。」

「是為了什麼呢？」精靈好奇地問道。

刺客哈哈笑了起來。

「是因為你們的殿下賣『假藥』啊！」

†††

阿奇．貝利急急翻著書頁。

「然後呢，為什麼沒有了！那一千名精靈是怎麼犧牲的？獸人山麓戰役為何會戰敗？為什麼書上都沒有記載！」

一種莫名的急躁纏繞著他，阿奇．貝利有預感，沒有記載的那一段一定十分重要，重要到各國都不惜在歷史中抹去真相。

「著急也沒用。」雷德突然出聲，「既然人類的史書上沒有記載——」

紅龍少年從桌子上一躍而下。

「——那我們就找到薩蘭迪爾，親自去問他。」

阿奇看了紅龍少年好一會兒：「你覺得他會告訴我們嗎？」

「我不確定。」雷德理直氣壯地道，「但是不試試，怎麼會知道呢？」

對於未知的事，紅龍少年總是奉行「先做再思考」為第一原則。

法師學徒看著他這副模樣，突然笑了起來：「感覺好像天塌下來都無法讓你皺一下眉，雷德，你們巨龍都是這樣的嗎？」

雷德得意洋洋道：「那當然了，巨龍是無畏的生物。如果巨龍會害怕，那一定是我們的靈魂已經死去了。這是我的一個長輩告訴我的。」

然而他又沉默下來，想起告訴他這句名言的長輩現在音訊全無，生死不知。

兩個少年相對著沉默，等他們想起來該回小屋的時候，天色已經大亮了。

「本來我認為即將開始一段遙遠的路程，多少會有人忐忑不安。」第二天一早，看著眾人的狀態，黑袍法師意有所指地道，「不過看樣子，似乎有人太興奮了，所以睡眠不足。」

阿奇與雷德，一個緊張得手心直出冷汗，一個聽見了也不以為意。

「法師協會掌管著所有官方的傳送法陣，這意味著我們不能使用任何登記在冊的傳送法陣前往獸人山麓。」不過伯西恩似乎沒有想繼續追究的意思，目光略過他們，對另外三名精靈解釋道，「我會借用一個朋友的私人傳送法陣，抵達最靠近紅薔薇騎士王國的一座城市後，剩下的路途需要步行。」

艾斯特斯問：「私人傳送法陣？」語氣裡帶著一些質疑。

伯西恩看向他：「如果有人介意的話，可以自己想辦法。當然，後果也要自己承擔。」

現任精靈王儲面對這有些明顯的敵意，皺了皺眉，沒有再發表意見。

「我可以飛過去。」紅龍雷德似乎很嫌棄周圍的傢伙們扯了他的後腿，「以巨龍的能力，這麼一點距離半天就到了。」

他身旁的阿奇還沒有說什麼，伯西恩就對紅龍送來「友善」的一瞥。

「你可以飛。」黑袍法師道，「然後明天我們就會在大陸報紙頭條上看到，一頭紅龍因為違反空中交通管制規則擾亂航線，被懲罰服坐騎役兩年，現向全大陸招募龍騎士。報名者一定趨之若鶩。」

法師學徒忍不住笑了出來。

「至於你，我『可愛的』學生。」伯西恩看向阿奇．貝利，「如果你再不把貝利大法師給你的護身符交出來，我想等我們一走出梵恩城，就會立刻被他發現。」

包括精靈在內，所有人齊齊看向阿奇，雷德更是一副「你果然是內奸，你這個叛徒」的表情。

「伯、伯西恩老師……」

「伯西恩。」法師糾正他。

最後阿奇．貝利一臉便祕的表情，不由得忍痛交出了他珍藏的護身法寶——貝利大法師親自製作的，帶有防護和追蹤功效的迷你護身符。

在離開之前，法師學徒回頭看了一眼清晨的梵恩城。

城內霧氣濛濛，天色微亮，偶爾有早起的人們匆匆穿過大街小巷，開始為一天的生計而忙碌。這座法師之城剛剛醒來。

「這是我長到十五歲第一次離開梵恩城。」阿奇著迷地看著清晨的城市，「為什麼我還沒離開，就已經開始想念它了？」

旁邊，紅龍雷德低聲道：「我也想念龍島。快走吧，等找到薩蘭迪爾、解決完所有事，我們都可以回家了。」

「還不走嗎？」黑袍法師在前方催促。

兩個少年追上前面那高挑的身影。阿奇突發奇想，一百多年前，剛成年的薩蘭迪爾離開精靈樹海時，也是這樣的心情嗎？

†††

這是一望無際的茂密林海。除非有精靈為你帶路，否則擅自闖入的人將會永遠迷失在其中。西方樹海，便由此得名。

年輕的精靈走過了高聳入雲的橡木樹群，穿過流淌著星沙的艾西河，在進入低矮的灌木叢林之前，無奈地停下了腳步。

「就到這裡吧。你們還要送我多久？」

他好笑地轉過身來，看向身後人影晃動的樹蔭。

「我只是出去歷練，我會回來的。」

他銀色的眼睛裡像是落下了星辰，對著身後的樹叢，精靈用力揮了揮手，「轉告老爸，等我回來時一定能治好他挑食的毛病！我走啦。」

很快，他的身影便消失在灌木叢的那一端。

輕柔的晨風拂過大地，樹梢微微搖擺，像是在對它們最心愛的孩子不捨地告別。

†††

半獸人在溫暖的懷抱中醒來，自從父母相繼離世後，他很久沒有感受到這種溫暖了。這不由得讓他流連地蹭了蹭，卻驚醒了抱著他的精靈。

薩蘭迪爾從睡夢中醒來，注意到懷中的小半獸人像做錯事一樣抬頭望著他，瑟瑟發抖，似乎在等待懲罰。

「我不會怪你吵醒了我。」

精靈嘆息，摸了摸小傢伙的頭。

「既然睡醒了，我們就準備出發。不過在那之前，告訴我你叫什麼名字。」

半獸人似懂非懂地望著他，見到薩蘭迪爾沒有露出生氣的表情，他便開心地笑了。說實話，他的笑容實在算不上好看，突出在上唇外的尖牙讓他看起來更像在嘶吼的野獸。

薩蘭迪爾見他這副懵懂的樣子，不由得有了不好的預感。

「你多大年紀了？等等，讓我數一數。」說著，他摸上半獸人的尖耳朵後側，摸著什麼喃喃念道，「一十，二十……八十，你出生才八十年。」

薩蘭迪爾微微一驚，距離當年的悲劇發生已經過了一百多年，如果這個孩子的母親，是當年那些沒有得到及時救援而遭到蹂躪的精靈之一，為什麼這個混血才剛八十歲？似乎有哪裡不對。

不等精靈想通，懷中的小半獸人就撒嬌似的晃了晃他的手指，他漂亮的翡翠色眼睛望向薩蘭迪爾。

「……餓。」小半獸人道，「瑟爾，餓。」

「你說什麼？」薩蘭迪爾錯愕地望向他，又一次失態，「你再說一遍。」

「瑟爾，瑟爾……餓。」

小半獸人似乎不明白精靈為何會反應如此劇烈。他只會重複簡單的單詞，除了「瑟爾」、「餓」之外，大概就只有「痛」、「救命」這幾個詞了。

教他學習大陸通用語的人想必並不指望他學會多複雜的字詞，只教導了最基本的單詞，希望他能自保。

那個教導者是愛著這個半獸人的。

薩蘭迪爾心情複雜，過了好久，才抱起眼前的孩子。

「你不是半獸人。」他低低道，「你是半精靈。」

混血的精靈聽不懂他在說什麼，只是看見薩蘭迪爾又抱住自己，便有樣學樣地也抱住了對方，並不斷地喊著「瑟爾」，好像那就是他唯一能記住的詞。

過了一會兒，年幼的半精靈覺得肩膀上濕濕的。他不明白那是為什麼。

又過了好一會兒，薩蘭迪爾才整理好情緒，重新出發。他先掏出乾糧餵飽半精靈，然後把孩子抱在懷裡，開始跨越山脈。

沒有其他人拖累，他的行動速度很快，最後終於在天色將暗之前，攀越過獸人山麓最南側的一座雪山。

翻越過這座山，前面就是南方平原。

精靈看向前面那片紅與黑交替的大地，目光複雜。

那是大陸上最貧瘠的一塊土地，是聖職者們眼中僅次於惡魔深淵的罪惡之地，是北邊貴族們口中與世隔絕的蠻荒之地。然而對於懷中的半精靈來說，那裡卻是這世上唯一可能容下他的自由國度。
那是南方自由聯盟。

光與暗之詩

DEAR MY THRANDUIL

CHAPTER FIFTEEN

南方的風

曾經有人說：貧瘠的土地上，就連風都是貧窮的。

這一句話，用在二十年前的風起城還是很正確的。

這座屬於南方自由聯盟的邊境城市，位處獸人山麓和南方平原的交界之處。從獸人山麓的峽谷中吹來的寒風，到了這裡就變成乾燥的沙塵。不僅沒有帶來雨水，還給住民們的生活造成了更多不便。

然而就在二十年前，一位法師的臨時興起，讓這局面徹底改變了。

現在來到這座小城的遊客，在進城的路上除了會看到漫無天際的黃沙之外，就是那些佇立在沙地之上的巨大黑影。它們在狂風的吹動之下輪轉著自己遮天蔽日的扇葉，為風起城源源不斷地提供能源。

如今，這座原本偏僻荒涼的邊境小城，已經成了南方自由聯盟最重要的邊境貿易城市之一。它在二十年內發生了天翻地覆的改變，就像這個生機勃勃的國家一樣，令人驚嘆。

沃利斯是風起城的土著，和這裡大多數最早的居民一樣，是一個混血，一個獸人和人類的混血。他生下來就沒有見過他那該死的爹，也沒有見到他那可憐的母親，至今，沃利斯對別人提起自己的童年時，都說——我能平安長大，簡直是用光了一生所有的運氣，也因此他人生往後幾十年的運氣都不怎麼好。

沃利斯沒有家庭，作為一個單身漢，他只要養活自己就夠了，而作為一個不怎麼勤快的單身漢，他每次賺到足夠的錢就會去酒館揮霍，直到口袋裡沒有半點錢才會想繼續工作。

今天，就是他準備出門工作的時候。然而意外好運的是，他很快就找到了一門差事。

「您儘管放心吧！」

面對雇主，沃利斯拍著胸脯擔保道：「我在城裡生活了二十年，沒有誰比我更清楚這裡的門道了。你們要辦什麼事、找什麼人，我都可以打聽到。哪怕是一張偷渡去聖城的船票，我也可以為你們搞定，不過這個價錢就要另外算了。」

沃利斯感覺兜帽之下的人看了自己一眼，那眼神涼颼颼的，讓他剩下的吹牛大話都不由自主地咽了回去。

「我不需要去聖城的船票。」

兜帽人說話了，意外地，他的聲音清脆悅耳。沃利斯不由得出神，覺得酒館內最有人氣的歌唱家都沒有這麼好聽的嗓音。但說話的人是一個男性，他心裡有些遺憾，卻不動聲色地繼續聽雇主發表意見。

「我只需要你幫我找到一家足夠安全的旅店。」

沃利斯有些不滿：「大街上隨便都是旅店。」

「你沒聽懂我的意思。」雇主的聲音冷了下來，「足夠安全，意味著不會有夜闖空門的不速之客，也不會有愚蠢的傢伙膽敢惹是生非。」

「喔。」沃利斯明白了，「這就不多了，您要知道，在風起城最不缺的就是喜歡惹是生非的傢伙。不過如果必要，我還是能為您找到一家的，只是這個住宿費和仲介費……」

「帶我去。」

對方扔來一枚金幣，沃利斯眼前一亮，連忙接住。正當他興奮地哈著氣，摩娑著這枚金幣，思考眼前這頭肥羊還有多少油水可宰時，雇主又開口了：

「幫助我的人，我不吝嗇獎賞；圖謀不軌的人，我也不吝嗇懲罰。」

沃利斯僵了一僵，過了好一會兒老老實實地道：「請您們兩位跟我來吧。」

兜帽人抱著一個從頭到腳包裹得嚴嚴實實的孩子，跟在沃利斯身後。

風起城不缺少神祕，實際上，這裡每天都有各種懷揣著祕密與陰謀的人來往。因此，沃利斯對於身後雇主的奇怪裝扮不以為意，他還能猜到雇主懷中那個包裹得嚴嚴實實的小孩身分——不過又是一個不受其他國家歡迎的混血兒！

這太常見了，自從南方自由聯盟建立的這百十年來，大陸各地的混血兒都在向這塊土地聚集。他們或許是被親生父母拋棄的，或許是被家人送過來的，又或許是自己歷經千難萬苦才抵達的，他們唯一的共同點是，除了這裡，他們無處可去。

沃利斯本身就是這樣的混血兒，鼻子靈敏的他，甚至已經聞出了雇主懷中那個孩子的身分——他身上有狼的氣息，肯定是個獸人混血的孩子。

不過這個半狼孩子和雇主是什麼關係呢？看起來不像是血脈至親，他們的味道根本一點都不像。

沃利斯胡思亂想著，也把雇主領到了目的地。

「到了。」他對身後的雇主道，「我敢保證，這是整個城內最安全的一家旅店，畢竟這裡可是城主親戚開的。不過正因為如此，一般人也沒辦法入住，這就得由您自己想辦法了。」

雇主顯然不覺得自己屬於「一般人」的行列，他丟給沃利斯一枚金幣。

「明早日出時，到這裡來找我。」

然後就抱著他懷中的半狼孩子，一腳踏進了旅店。

沃利斯又在外面站了好一會兒，過了半晌，都沒等到他期待中的場面——雇主狼狽不堪地被店裡趕出來。

「好吧。」這個一臉獸毛的大漢聳肩道，「我早該猜到他不是一般人。」

不過總而言之，這筆生意是賺了！帶個路就有兩枚金幣，嘿嘿。

薩蘭迪爾站在窗邊，看著那個帶他們來旅店的半獸人消失在街角才收回視線，又把目光移到他手中一枚泛著鏽跡的金銅色徽章上。

他剛剛之所以能成功辦理入住手續，靠的不是以利聖騎士的身分，也不是精靈的這張臉，而是很久以前的一枚遊俠職業者徽章。

這枚徽章上有三道風紋，代表徽章的主人已經是一名經過認可的三級職業者。然而實際上，早在放棄遊俠這個身分之前，薩蘭迪爾的實力就已經不止這個級別了，他只是後來都懶得去職業協會提升自己的等級。

然而，對於現在的情況來說，三級職業徽章就夠了。

精靈收起徽章，撫摸著短弓上一條細細的碎裂紋路。

自從把長劍交給雷德以後，他就一直沒能取回來。這把弓是他現在唯一的武器，看來是得找個機會修一修了。

床上，半精靈已經入睡了。瑟爾輕手輕腳地走近他，仔細觀察著他安祥的睡顏。過了好一會兒，他才離開屋子，當然離開之前，精靈並沒有忘記留下一個警戒陣法。

風起城的大街上，就像城外的狂風一樣吵鬧喧囂。

「雇傭熟悉的嚮導去石林之森！一天來回，價格面議。」

「原價一萬金幣的傳奇聖劍，現在只要五枚銀幣！出血賤賣，走過路過不要錯過！」

「惡魔混血幫您刻印公章，以假亂真，自帶迷惑效果，如有意願和我們私下交易……」

在這充滿形形色色人物的街頭，像瑟爾這樣穿著風衣、戴著兜帽隱藏自己身分的人並不在少數，因此也沒有人格外注意他。精靈就這樣穿梭在人群之中，用眼睛和耳朵默默觀察著這座城市。

最後，他在一個攤位前停下。

這個攤主似乎並不像其他人那樣熱衷於推薦自己的產品，他只是在地上鋪了一面草席，草席上擺著零星兩種種類不明的藥草。除此之外，沒有吆喝，也沒有牌子，簡陋得幾乎令人髮指。

注意到瑟爾在攤位前停下來，攤主並沒有抬起頭，只有被太陽曬得不耐煩時才轉了轉頭上的草帽。

直到瑟爾出聲，引起了他的注意。

「只生長在艾西河流域的星沙草，伴隨著啟明星升起而發芽，又很快就凋亡，生命不過短短一息。而在這一息之內，只有受到自然女神祝福的精靈才能成功摘取它。」

戴著草帽的攤主停下了晃動的小腿，抬了抬帽檐，從陰影下打量著這位客人。

「你知道得還真多。」攤主不屑道，「不過你到底買不買？不買就別在這裡妨礙我曬太陽。」

瑟爾並沒有被他的態度惹怒，而是繼續道：「星沙草對人類來說毫無用處，然而對於精靈來說卻是不可缺少的。只有經過星沙草的洗禮，新生兒才會真正成為族群的一員。」

在瑟爾說到這裡的時候，草帽攤主開始認真注視他。

「而對於半精靈而言，星沙草做成的藥劑更可以提高他們血統的純度，使他們少受血脈相沖帶來的痛苦。」

草帽攤主一下子跳了起來，一雙尖耳朵從瑟爾的視線底下一閃而逝。

短暫的惱怒後，攤主又很快冷靜下來，上下輕掃瑟爾幾眼，很快就露出了了然的神色。

「我就說，一般人怎麼可能會對星沙草這麼了解。」草帽攤主後退了一步，不知不覺間，十幾個人影團團圍住了瑟爾。

「這裡可不是樹海，精靈，你以為我們還會受你們脅迫嗎？」

「脅迫？」瑟爾似乎有些疑惑地重複了這個詞，「我以為我們是同胞。」

草帽攤主輕笑一聲，摘下帽子。

「這真是我有史以來聽過最好笑的笑話。」他譏嘲，一雙尖耳暴露在日光之下。那雙耳朵乍看之下與瑟爾的並沒有什麼不同，然而耳根處，卻明顯被人用銳器劃出一道豁口，是不可彌補的殘疾與傷痕。

他像是自嘲，又像是自憫地道：「像我們這樣殘缺的混血，怎麼配成為您的同胞呢？高貴優雅的精靈閣下，難道看到這張臉，您不會厭惡嗎？」

旅店內，滿臉獸毛的半精靈睡得正香，他翻了個身，又流著口水睡著了。

†††

半精靈的怒喝還尤在耳邊。

「我們這些殘缺的混血，怎麼配成為你的同胞！」

周圍，十幾名半精靈拿起武器齊齊對準了瑟爾。他們那象徵著精靈血統、美麗如綠寶石的眼中，充滿著憤怒與仇恨。

瑟爾面對過很多仇恨，有來自於敵人和仇人的，但他從來沒有面對過來自所愛之人——他一心想要保護之人的仇恨。今天，半精靈們那仇視的目光毫不作假。

「您大老遠地跑來，不會就是要來詢問星沙草的事吧？這是我們在人類國家的艾西河流域內合法採摘的，並沒有進入精靈的地盤。」

似乎是瑟爾長久沉默的反應，讓對方明白了他並沒有那麼大的敵意。草帽攤主揮揮手，他的半精靈同伴們便放下了武器，只是還虎視眈眈地盯著瑟爾。

「一個精靈不該出現在風起城，你找上門有什麼目的？」

「我想請你們幫忙救治一個人。」思考了一會兒，瑟爾還是說。

「憑精靈們的資源和能力，還需要我們這些流浪者幫忙？」攤主沒有戴上草帽，他一頭深藍色的長髮被風吹拂，攬過那雙翡翠綠的眼睛。

現在，這雙美麗的眼睛裡充滿了譏誚。

瑟爾解釋：「他是一個混血，而且還沒有成年。我不能用我知道的方法救治他，但是你們可以。」

對方的神色一下子變了。

「混血，他的父親是誰，母親是誰？」

「我不知道。」瑟爾真的對此一無所知。

「哈！精靈，你什麼都不知道，就讓我們去救治一個半精靈？」有美麗深藍髮色的半精靈憤怒道，「你索性像其他精靈一樣，丟下他不管不顧好了！現在到這裡來裝什麼偽善？如果你真的想治好他，為什麼不把他帶回樹海！那裡有的是方法可以治好一個半精靈！」

「因為我也不能回樹海。」

話說出口之後，瑟爾才發現，說出這句話，已經不再像以前一樣艱難了。

「我在獸人山麓找到了他，但是他的情況很不好。我知道南方聯盟有不少混血，其中肯定也有精靈血脈的混血。我來市場上尋找你們，是希望你們可以救治他。」瑟爾說。

「治好他，然後呢？」對方語帶古怪地問。

「然後，」瑟爾說，「我希望找到一個善良開明的家庭收養他。原本我希望，可以是一個半精靈家庭。」

藍髮半精靈的眼神變得更奇怪了。

「就這樣？你不需要讓他報恩？你不要他與你訂下契約？你不需要他長大後發誓為你效力？」

對方的話，瑟爾一句都不明白，但是又似乎理解了什麼。

他的神色很快冷了下來，雖然有兜帽的遮掩，其他人並不能看到他的臉色，但是周圍的半精靈都聽到了他冰冷的聲音。

「我救助同胞，為什麼要精心算計他的報償？」他壓低自己的聲音，似乎在努力克制憤怒，「如果這就是你們對待同胞的方式，那我不需要你們幫忙。」

瑟爾轉身就走，然而這一次，是他被半精靈攔了下來。

「等等！」

藍髮的半精靈攔在他的面前，那雙翡翠色的雙眸認真地打量著瑟爾，然後開口：

「這樣吧，帶我去看一看你說的那個孩子。」

†††

年幼的半精靈是被一聲驚叫喊醒的。

「你說這是半精靈！」那個聲音質問，「難道這不是一個發育不良的獸人？」

孩子睡眼迷離地揉了揉眼睛，在視線清晰後，終於看到了發出噪音的人形體，以及站在那個人形體旁邊的瑟爾。他伸出毛茸茸的雙手抱住了瑟爾的腰，將腦袋在他胸前蹭了蹭，發出愉悅的咕嚕聲。

藍髮半精靈冷靜了一會兒，再次開口：「我現在確定這是一個獸人，還是有著狼狗血統的。」

「他是半精靈。」瑟爾淡淡道。

「開什麼玩笑！你看看他的毛髮、他的皮膚，還有他的牙齒，除了耳朵，他還有哪裡像有精靈血統……」藍髮半精靈突然啞然，隨即臉色變得蒼白，「你不要告訴我，這是——」

「他是半精靈。」瑟爾再重複了一遍，這次語氣裡帶著警告，「無論他的另一半血脈來自誰，他的身體裡都流著和我們相似的血統，這一點不會改變。」

他看向跟隨他進屋的這個傢伙。

「他現在的情況很不好。如果你們可以治好他，我願意答應你一個要求，給你任何你想要的，只要不違背原則。」

「情況不好？精靈和獸人的混血，情況當然很不好。」藍髮半精靈嘀咕了一下，終究還是顧忌瑟爾，沒有把話說明。不過看到眼前這個毛茸茸「半精靈」，他倒是對瑟爾有很大的改觀。

「我說，你真的是一個純血嗎？」他好奇道，「按理來說，混血是精靈的恥辱，他們看到我們不厭惡排斥就很有修養了，你卻還想要幫助一個這樣的混血。」

半精靈的存在對精靈們來說是恥辱，因為給予他們一半精靈血脈的父母，往往都是被人強迫的。這對向來愛護同族、團結一致的精靈來說，是不可化解的仇恨，然而這種對同族的愛護只包括純血精靈，對於混血，他們不恨屋及烏已經是極限了。

但是對於瑟爾來說，這一切卻是那麼陌生。

「西方樹海現在不接受半精靈？」瑟爾問。

「很早就不接受了。或許兩三百年前，他們還會好心地養育一下混血，但是現在——」藍髮半精靈聳了聳肩，「自從前任王儲進聖城隱居，現任王儲上臺後，就改變了對待混血的政策。」

「……精靈王不干涉嗎？」

「精靈王？那種傳說中的人物怎麼會關心我們的事？我活了大概也有一百多歲，就從沒見過他為了什麼事出面，都是那個小王儲在忙。對了。」看向瑟爾，藍髮半精靈突然露出一個狡猾的笑容，「我叫蒙特，因為是在山上被丟棄的，這就是我的名字。你呢，叫什麼名字，精靈？」

精靈們的規矩，是對報出真名的陌生人必須以誠相待，回以真名，因為對於高等種族來說，真名是有力量的。自然教導精靈，既然對方將自己坦誠於你，那麼精靈必須回以同等的誠意。

瑟爾看著這個故意擺自己一道的半精靈。

對方笑道：「快說啊，我等著呢。」

就在這時——

「客人。」

房門被敲響。

「客人，外面有一位自稱是沃利斯的半獸人，說是與您有約。」

瑟爾皺眉，他看了一下窗外天色，記得自己與半獸人約的是明日淩晨。

「客人？」

敲門聲不斷。

瑟爾目光一冷，立刻抱起孩子，又看向半精靈蒙特。

「你們有安全的庇護地嗎？」

半精靈愣愣地點了一下頭。

「那好。」

說話間，瑟爾已經打開窗戶，一隻手抱著孩子，另一隻手揹起長弓，縱身躍下。

蒙特立刻湊到窗前，卻見到他已經落地，並且悄無聲息，輕盈得宛如一陣微風。

「快走吧。」瑟爾催促他，「來者不善。」

蒙特看了一眼身後不斷被敲響的門，緊隨其後。半精靈的身手不比瑟爾差多少，他單手撐著窗簷輕輕一跳，穩穩落地。

「說真的。」轉移陣地的時候，蒙特還忍不住問，「你說來者不善，卻願意信我？不怕我把你帶到什麼危險的地方去？」

「至少你有一半精靈的血脈。」瑟爾頭也不回，「而且再危險的地方我都經歷過了。」

半精靈被堵了一下，正想嘲笑對方空口說大話，卻突然轉變了主意。

「好啊，那正好有一個地方，我想帶你去。」

兩個修長的身影遁入夜色之中，而敲門的人不耐煩地破門而入，卻只看到一個空無一人的房間，和吹進徐徐晚風，敞開著的窗戶。

「不可能！我們守在外面的人沒有聽到一點動靜！」

為首的男人挑了挑眉，低頭，看向被他們扔在地上的半獸人。

「你說你在那個兜帽人身上聞到了什麼味道？」

沃利斯鼻青臉腫，口齒不清地道：「什麼、什麼都沒聞到，他乾淨得就像是空氣！大人，我真的只知道這麼多了，我——」

男人揮了揮手，示意手下把人拖下去，他自己一個人站在房間裡，把玩從半獸人身上搜查到的一枚金幣。

乾淨得像是空氣。

多巧，就在不久之前，他也在某個傢伙身上聞過類似的味道。

「嘿，這次可是你自己跑到我的地盤來的。」男人愉悅地笑了。

月光下，他投映在地板上的影子，有一雙彎曲而尖銳的犄角。

†††

「艾迪！」

「雷德！」

紅髮少年和淺金髮聖騎士遠遠看見，就衝過來給了彼此一個擁抱。

「擔心死我了，我以為你被丟在梵恩城，回不來了！」

「哈哈哈，偉大的紅龍怎麼可能會迷路，你太小看我了。」

「騎士。」正在兩個年輕人久別重逢時，黑袍法師緩步走過來，「相信薩蘭迪爾已經將情況和你們說明過了，我如約把人帶來了。」

伊馮冰藍色的眸子在法師身上掃過。

「大人可沒說過，送雷德來與我們見面的人是一個法師。」

「可能是他忘了。」伯西恩漫不經心道。

「也可能是他被人蠱惑了。」伊馮不減敵意道。

「蠱惑？」

伯西恩笑了，那笑容還是一貫的礙眼，當然，更令人不快的是他接下來說的話：「你們當中唯一不可能被蠱惑的，就是他了。這份擔心真是脆弱得令人覺得滑稽啊。」

「你——！」

伊馮忍了又忍，一再告誡自己要冷靜。他目光掃過雷德和伯西恩，又在他們身後停下。

伯西恩注意到他在看阿奇．貝利，開口道：「他是一個小小的目擊證人，因為不能毀屍滅跡，只能順便帶過來。」

阿奇打了一個寒顫，控訴地看向自己的老師。

「好吧，就算如此。這幾人又是怎麼回事？」聖騎士小隊長的目光在三個披著兜帽的精靈身上重重掃過，「他們可不像是一般的客人，這也是順帶的？」

伯西恩勾起唇角，眸光冷淡。

「這你得問他們。」

這一次，艾斯特斯主動上前介紹了自己的身分。

他用無可挑剔的優雅禮儀向伊馮短暫說明情況後，問：「因為一些私人原因，現在我們需要尋找到薩蘭迪爾。他不在嗎？」

年輕的銀髮精靈蹙眉看著周圍。

「他讓你們在這裡集合，卻丟下你們擅自離開？」

伊馮不喜歡他的說辭，但是顧及到對方的身分，還是克制地道：「因為一些意外因素，大人現在暫時和我們分開行事。」

在說明了意外因素的情況後，在場眾人又陷入了沉默。出於某些原因，伊馮並沒有細說那個半獸人的身分，因此精靈們顯得有些不解。

「為了一個半獸人？」艾斯特斯冷嗤道，「我還以為他的博愛只限於人類。」

伊馮還來不及反駁，有更擅長的人先於他開口：

「殿下的無情倒是不限種族，波及廣泛。」

艾斯特斯看向總愛和他爭鋒相對的黑袍法師，蹙眉：「為了一個不相干的獸人拋下正事，難道不是他的失誤？」

「在搞清楚真相之前，最好不要妄下論斷，尊貴的殿下。」伯西恩口中喊出的

「殿下」聽起來就像是嘲笑，「我想以利不至於會看上一個不分輕重的傢伙。」

艾迪在心裡默默贊同，對薩蘭迪爾大人來說，比起有人護送的雷德，當然是身世可憐、無依無靠的半獸人更重要一些啦。

「可是他現在這樣跑了，我們又該去哪裡找他？」雷德悶悶道。

「動一動腦子。」伯西恩看了他一眼，「你覺得世界上能接受半獸人的國家有幾個？」

「南方自由聯盟！」

幾個人脫口而出，幾名聖騎士向伯西恩投去感激的一瞥，又懊惱自己一葉障目。

然而，被伯西恩嘲諷了的雷德一臉惱火，還被艾迪死死拉著。

「別拉我，讓我去揍他！這個法師死定了，他剛才嘲笑我的語氣和薩蘭迪爾那傢伙一模一樣！」

伯西恩點頭：「那可真是榮幸。」

紅龍少年氣得牙癢癢。他決定以後要把這個陰陽怪氣的法師，升級到他討厭的人物第一名去！

「既然如此，我們可以去南方自由聯盟尋找大人。現在的情況，最好一起行動，以免發生了什麼，還要耽誤時間會合。」伊馮還比較冷靜，「南方自由聯盟和人類國家沒有直達的傳送法陣，我現在派人去聯繫車馬，大概晚上就可以出發，至於你們……」他看了幾名不速之客一眼。

「如果你們覺得不便，我們可以自己想辦法，也並不是難事。」

艾斯特斯開口，既不讓精靈們成為累贅，也傲慢地表達了自己的態度。

阿奇則一臉渴望的表情，那可是南方自由聯盟，傳說中充滿各種不可思議事物的國度！他很想去！但是法師學徒只能眼巴巴地看著伯西恩，他是被對方「劫持」過來的，行動範圍自然也只能由伯西恩說了算。

伯西恩這次很大度。

「你可以和他們一起去。我相信心地善良的聖騎士們不會丟下你一個人不管，也不會輕易讓你陷入險境。」

伊馮皺了皺眉，總覺得這個法師說話的語氣，簡直是無時無刻不在招人煩。

但阿奇從他的話語裡聽出了別的意思。

「伯西恩老師，您不去嗎？」

伯西恩反問他：「我為什麼要去？」他指了指紅龍，「我的送貨任務已經完成，沒義務再與你們同行。除非薩蘭迪爾再付出報酬，否則我為何要白白為你們出力？」

哇，老師！你這句話說得好像一個用完就跑的無良渣男！

阿奇心裡腹誹著，卻滿心歡喜地點了點頭。他當然不希望伯西恩跟著。

「那幫我跟祖父報個平安，拜託你了，老師！」法師學徒離開前囑託。

「好啊。」

伯西恩微笑，分不出他是認真的還是敷衍。

直到聖騎士們狐疑地離開，精靈們邁著輕盈的步伐離去，伯西恩都沒有動身跟隨他們的意思。等那一行人全部消失在視野中，黑袍法師才緩緩起身，像觀光旅遊一樣在這座城市裡遊蕩。

閒晃了半天，他最終在一個旅店的二樓租了一間客房休憩。

這家旅店已經有年頭了，木質天花板上有斑駁起伏的紋路，已經有些崩裂的石牆無不顯示著它被歲月無情眷顧的痕跡。

伯西恩在一張靠近壁爐的椅子旁坐下，閉上眼，彷彿可以聽見清靈的笑聲。

『喂，貝利！你到底什麼時候才能成為大法師？』

他睜開眼，似真似假的記憶消散，周圍空蕩蕩一片，沒有人影，沒有歡笑，剛才的那一切似乎只是他的幻聽。法師靜坐了一會兒，許久，破天荒地嘆了一口氣。

「為什麼……」

他沒有說完，陷入了無盡的沉默中。

†††

「你為什麼把他帶來這裡！蒙特！」

同伴們用不可思議的眼神看向蒙特，以及他帶來的「客人」。

「他是雇主。雇主有難，我只是提供了一些幫助。」蒙特舉起雙手無辜道。

「但他是純血！他有可能洩露我們的祕密基地、出賣我們的情報，你知道純血們向來厭惡我們！」

質問他的同伴是一名有著一頭紅髮的女性半精靈，她的脾氣就像她的髮色一樣火爆。

「呃，我想，精靈們就算討厭我們，也不會去做那些下三濫的事情。畢竟，他們還要堅持那所謂的『高貴』操守。」蒙特嘆了口氣，「而且，我覺得即使我不把他帶過來，他也能跟著我，遲早也會找到這裡的。」

對方明顯不相信他。

「騙誰呢！你可是我們中最出色的刺客！」

「喔，可是身邊這位比我更出色。你是什麼職業？嗯？」蒙特問身邊的人。

「我做過一陣子遊俠。」瑟爾說。

「看吧！他的身體比我更靈活，職業還和我相剋！我根本甩不了他！」

菲耶娥放棄質問蒙特，她看向瑟爾。

「你，純血。你跟著我們的同伴來到基地，即便我想相信你不是不懷好意，但是——」她哼了一聲，「你這麼見不得人，一直掩飾著自己的面容，讓我們怎麼相信你。」

瑟爾猶豫了一下，取下了兜帽。

周圍一片吸氣聲。

「純銀的髮色！」

「還有眼睛！」

「這傢伙肯定是純血中的貴族。」

蒙特也小小吃驚了一下。

啊，好棒！我竟然撿回一個血脈比真金還真的純血精靈，呵呵。

菲耶娥用美目瞪了蒙特一眼，又看向瑟爾，似乎想要質疑他的身分，最終卻換了一個話題。

「之前，你說你要救治一個半精靈，他在哪裡呢？」

瑟爾抱起懷中的孩子，舉給他們看。他一直都在，只是似乎被半精靈們忽視了。

「……這難道不是一個獸人？」菲耶娥懷疑地揉了揉自己的眼睛，「你在開我們玩笑？」

「他是半精靈。」瑟爾將在懷中啃著他手指的孩子，抱給他們細看，數他耳後的年輪。「他八十歲了，卻還沒『洗禮』，這就是我來找你們的原因。半精靈的『洗禮』和我經歷過的不一樣，只有你們可以幫助他。」

直到看到那對耳朵和代表年紀的年輪，菲耶娥才算是相信了他的話。

「天啊，一個精靈和……」她艱澀地道，「你在哪裡找到他的？」

「那不重要。」瑟爾說，「你們可以救他嗎？」

菲耶娥卻堅持地問：「你先說說你為什麼要救他？」

白天她不在，因此沒有聽到瑟爾的那一番話。

這次，瑟爾簡潔明瞭地道：「因為我想，我樂意，我愛這麼做。還有問題嗎？」

看見菲耶娥被堵住了，蒙特低笑幾聲，拍拍身邊另一個同伴的肩膀。

「看見了嗎？估計白天我們也是這個表情。」

同伴贊同道：「這個純血太奇怪了！不過這也讓我不那麼討厭他。」

蒙特若有所思地道：「所以，這就是他也不被允許回樹海的原因嗎？」

「你說什麼？」

「沒什麼……喂，精靈！」蒙特走向瑟爾，「你還沒告訴我你的名字！真名！」

過了好一會兒，半精靈們聽見這個純血回答：「瑟爾。」

比起那個充滿光輝和榮耀的名字，這個由精靈王和夥伴們親切地喊過無數次的小名，才是瑟爾真正認可的姓名。血脈裡的誓約之環沒有作痛，這證明自然女神也認可了這個真名。

為什麼不呢，他向來是她最寵愛的孩子之一。

「瑟爾。」蒙特念了幾遍，「好吧，瑟爾。在把你的寶貝孩子治好之前，你都可以住在我們這裡（他擋住了菲耶娥抗議的視線），但是不能擅自外出，也不能透過任何方式與外界通訊，一旦違約我們就立刻停止治療。」

瑟爾點頭表示同意。

「好了，現在我們該談談報酬了。」半精靈蒙特說。

他的表情突然變得輕鬆起來，像是一個即將得到糖果的孩子。

「你想要什麼？」瑟爾見狀，也放鬆了心弦。看著這一群生機勃勃的半精靈，他難得有興致地開口調侃，「金斧頭、銀斧頭，還是銅斧頭？」

「我為什麼一定要斧頭？」蒙特像看著白痴一樣看著他。

「……」

──『哈哈哈！瑟爾，為什麼你老是講這些沒有人聽懂的冷笑話？』

貝利的嘲笑聲從記憶裡傳來。

時隔一百五十年，瑟爾再次被一名刺客嘲笑了他的笑話水準。

「好吧。」精靈面無表情地道，「那就不要斧頭。」

†††

瑟爾做夢了。

他夢到自己在艾西河邊，只要再向前一步，就是思念已久的家園。他正欲向前，卻被人制止。

『瑟爾，你不能。』

那聲音充滿著威嚴。

『不能回來。』

夢醒了，瑟爾躺在床上，幾天來第一次有了想賴床再睡一個回籠覺的想法。哪怕永眠在夢境中，他也不願意醒來面對殘酷的現實。

「喂，醒醒，精靈！」

殘酷的現實在外面砰砰作響地敲打他的房門。

殘酷的現實如魔音傳耳般大喊：「今天說好了，你要教我們弓箭的！你這個愛睡懶覺的精靈，一定是個假的純血！」

瑟爾終於被吵得不耐煩了，他下床一把打開門，看著幾個不到自己腰部高的小蘿蔔頭，淡淡道：「精靈都愛睡懶覺。」

半精靈孩子們一副被人欺騙、不敢置信的模樣，其中一個小蘿蔔頭說：「你騙人，可是菲耶娥姊姊說純血們矯情又偏執，自律到近乎自虐，他們才不會睡懶覺。」

瑟爾面無表情地問：「菲耶娥是純血嗎？」

小蘿蔔頭們齊齊搖頭。

「那我是嗎？」

小蘿蔔頭們一個接一個點頭。

「那麼，答案顯而易見，我說了算，精靈們就是愛睡懶覺。」瑟爾說完，啪的一聲把門關上。美夢被驚擾的起床氣讓他脾氣不怎麼好，也沒有留意到屋外幾個孩子一副被刷新世界觀的震驚表情。

「沒想到純血和蒙特一樣愛睡懶覺！」

「菲耶娥姊姊還老拿這個教訓我們。」

「幻滅了……」

門外嘰嘰咕咕一陣子，終於又安靜了下來，瑟爾鬆了一口氣，正準備補眠。這一次他剛在夢中聽見艾西河潺潺的水聲，就又被人吵醒了。

「嗨，高個子！快過來開門。」

那桀驁又年輕的熟悉聲音，明顯來自藍髮的半精靈刺客蒙特。

瑟爾這一次是握著武器去開門的。

「我來向你彙報你小寶貝的治療情況。」

然而，開門後，笑盈盈的蒙特一句話就澆滅了他的怒火。

瑟爾揉了揉發疼的太陽穴。

「他怎麼樣了？」

「情況還算好，我們用了一些常用的藥劑，但是他的血統比較特殊，我們沒有立刻開始洗禮，先把他帶去了洗漱室。」蒙特說著，打量一眼瑟爾的短弓，「真是不錯的弓，矮人的？」

瑟爾點了點頭。

「你果然與眾不同。」蒙特笑了，「走吧，既然醒了，我帶你去吃早……嗯，午飯，順便跟你說一些注意事項。」他注意到瑟爾的臉色還是很不好，作為同樣愛睡懶覺的同伴，他心有同感地道，「被人從美夢中吵醒了？」

瑟爾又點了點頭。對，而且你就是罪魁禍首之一。

「我能問一下那是什麼美夢嗎？」蒙特好奇。

「沒什麼。」瑟爾淡淡道，「只是夢見被我父親訓斥了一頓。」

眼角餘光可以看見身旁的半精靈頓了一下，用一副「你是受虐狂嗎」的表情瞪著自己，但是他無所謂去解釋。

接著，蒙特與他說起正事。

「昨天我們離開旅店後，我就派同伴去打聽了一下情況。你猜怎麼樣？那個沃利斯拿著你給的金幣出去炫耀，第一時間就被人抓住了。嘖嘖，那種成色的金幣，我們這裡可不會有啊。」

瑟爾的臉色不好，覺得自己太大意了。那枚金幣是他從聖城帶出來的，品質當然不會有問題，但就是因為品質太好，在人類國家使用不會有什麼麻煩，可是在混亂的南方聯盟邊境城市就很引人注意了。

「是我的失誤。」精靈誠實道。

「還有下文呢。那半獸人很快就把你交代出來，然後一大幫人就去了旅店。」蒙特說，「幸好我們及時離開了。不過我建議，你這幾天也避避風頭。」

瑟爾並不是聽不進別人意見的傢伙，他認同蒙特的建議。

「那個沃利斯呢？」

蒙特聳肩：「消失了。在風起城，一個半獸人消失不是什麼大不了的事。哪怕就算消失一個村落，也只會引起一點點波瀾。」

瑟爾終於問到關鍵問題：「追查我的人是誰？」

蒙特正準備回答，卻被一道怒喝打破。

「我說你們！」菲耶娥怒氣沖沖地跑過來，「你們兩個不負責任的傢伙！」她的目光尤其瞪著瑟爾，讓精靈很有些莫名其妙，不知自己怎麼又得罪了她。

「嘿，菲耶娥，妳不是正在幫小傢伙做洗禮前的準備嗎？怎麼到這裡來了？」蒙特笑嘻嘻地打著招呼。

「我就是為這件事來找你們的——找你！」菲耶娥看向瑟爾，「你究竟和小傢伙是什麼關係？」

「我撿到他，想要治好他。」瑟爾說。

「喔，看起來你還是充滿善心。」菲耶娥語氣古怪，「所以你就這樣把小傢伙丟給一群陌生人，讓他們幫她洗漱身體？你知不知道，對於一個女孩——即便是還沒長大的女孩——她的身體也不該是隨便一個陌生人可以看的！」

瑟爾用了好一會兒才領悟到這句話的意思，一時有些愣住。

「妳是說……」

「小傢伙是女孩！別告訴我，你照顧了她這麼多天還沒發現！」菲耶娥氣呼呼地道，「要不是我第一時間察覺，她就要被一群陌生的男性看光身體了，她已經八十歲了，不是三四十歲的小孩了！」

蒙特已經一臉呆滯了。

瑟爾回過神來。

「抱歉。」他第一次如此尷尬，「我沒能及時察覺她的性別。」

看到一個髒兮兮、渾身長著獸毛的半精靈，瑟爾真的沒有意識到那會是一位女性。他承認自己犯了一個膚淺的錯誤。

事實證明，在照顧孩子的這件事上，男性比起女性真的有著天然的劣勢。

瑟爾很快見到了洗漱乾淨的小傢伙，比起在他手中時一副髒兮兮的模樣，現在的半精靈孩子毛髮被梳理得光滑柔亮，身上乾乾淨淨，還有隱隱的香氣，遠遠看去，就像是一隻毛茸茸的可愛玩具。

「哇，好可愛！」

「這毛髮洗乾淨後，原來是這麼漂亮的銀黑色。」

「真像一隻小狼。」

蒙特遠遠看了一眼被女性半精靈們圍在中央的孩子，感嘆：「真佩服這些女人。好吧，現在我覺得，與獸人混血的半精靈其實也挺可愛的。」

瑟爾對此不發表評論。

「對了，說到去旅館追查你的那些人。」蒙特說，「雖然不是很清楚，但是我的同伴們根據線索分析，很可能是『深淵』那一派的人物。」

聽見「深淵」這個名詞，瑟爾下意識地皺了皺眉。

「這代表著什麼？」

「代表著他們都是有惡魔血統，或者是黑暗系血統的混血。」蒙特解釋，「在南方，這並不少見，大家都是混血，沒什麼好歧視的。只不過那一幫人行事更混亂無序，不注重禮法。」

瑟爾有些擔心道：「你的同伴們還在調查他們，會不會有危險？」

蒙特一臉明瞭地道：「雖然我不想承認，但是精靈血統還是給了我們一些好處。我敢打包票，如果城內還有什麼人能追蹤『深淵』還不被發現，那就只有我們半精靈了。」

瑟爾對此不抱樂觀的態度，但這裡是蒙特的地盤，他也只能予以提醒，不能越俎代庖。

然而，不祥的預兆卻總是被應驗。

當時菲耶娥正在幫小傢伙進行洗禮前的最後準備，一名瑟爾有些眼熟的半精靈匆匆進屋，在蒙特耳邊低語什麼。

瑟爾注意到蒙特的表情立刻就變了，他見過太多次這樣的變化，知道這意味著什麼。

「菲耶娥！」蒙特立刻對屋裡喊道，「帶著所有孩子和沒有戰鬥力的傢伙離開，立刻出城！」

菲耶娥跑了出來。

「怎麼回事？」

「我們被發現了。」蒙特面色陰沉道，「對方早就發現我們在跟蹤，故意引誘我們的人入陷阱。小五他們幾個被抓了，這裡遲早也會被發現。」

「怎麼會！」菲耶娥驚訝道，「小五他們潛行從來不會失手，就算被發現，也會有辦法脫身！」

蒙特看了旁邊的瑟爾一眼，低聲道：「對方準備了針對……」

「針對精靈的陷阱。」瑟爾開口，「他們是衝著我來的，是我拖累了你們的人。我和你們一起去救人。」

蒙特的臉色不算好看，但也沒有否決瑟爾的建議，只是在菲耶娥帶著婦孺們撤退，戰士們前去營救同胞的時候，蒙特突然道：

「你在要求我提供庇護地的時候，是否料到了今天？」

瑟爾看了他一眼，並沒有解釋他最初只是想暫時找個避風頭的地方，是蒙特自己把他帶到了他們的大本營。這樣說太冷漠無情了。

他理解半精靈因為擔心夥伴而產生的怨懟，因此只是說：「不會有問題的。」

不知道為何，這句話充滿了力量，讓半精靈因為擔憂而躁動的心緒微微平復了一些。

然後他們帶著大部隊，幾乎沒費什麼力氣就營救出了被困的同伴。

事情太過順利，讓蒙特有些不安。對方的壁壘太輕易就被攻破，他們斬殺了敵人，救出了同伴，卻沒有因此感到放心，因為他們並沒有見到傳說中針對精靈的陷阱，也沒有遭到太強烈的抵抗。

這些敵人，幾乎就像送死一樣送到了他們面前。

危險的氣息在沉寂中蔓延。

蒙特準備向精靈徵求意見，卻看見瑟爾突然轉身，束在腦後的銀髮在空中甩出一個明亮的弧度。

他銀色的眸子專注地注視著前方夜色下的陰影，那陰影像是樹梢和房屋投下的倒影，又像是一個張牙舞爪的——

「惡魔。」瑟爾喊。

夜色中傳來了一聲輕笑。

「不對喔。」那個聲音回答他，「還不是呢。」

頭上長著犄角的男人突然出現在半精靈們和瑟爾的視野之中。他信步走在黑暗之中，像是一個國王逡巡著他的領地。

和別的的混血不同，利維坦非常以自己的惡魔血統為傲。

在他看來，比起弱小的人類、脆弱的精靈以及粗俗的獸人，惡魔才是這個世界上最高貴又最有力量的種族。至今令他遺憾的是，他沒有早出生百年，親歷當年的魔潮。

利維坦相信如果有他在，那戰爭的結果就會大不相同。他就是這麼充滿自信。

當然，他也夠聰明。即便在相對自由的南方聯盟，利維坦也從沒有把這個危險的念頭對任何人講過，只有他自己，無時無刻不這麼想。

就像此刻，他帶著身後手下，抓著那一批來不及逃出城的半精靈，再一次感慨其他種族的弱小與無能。

然而，有一個人例外。

「我該道久違，還是向您問個晚安？」利維坦看著對面的精靈，心情愉悅地道，「上次我們可是不歡而散，沒想到這麼快又見面了。對了，我給您送來一份大禮。」

「菲耶娥！」

「放開他們！」

看見被擒作人質的同伴，半精靈紛紛激動起來。

原來這一場調虎離山是對方故意轉移走半精靈的精銳，好抓住他們隊伍中的老幼婦孺。

利維坦近乎享受地看著半精靈們激動憤怒的模樣，問：「您喜歡嗎？或者您覺得這份大禮還不夠……」

「我曾殺過的惡魔可以組滿一個軍團，其中不乏自以為是的大惡魔。」瑟爾突兀地打斷了他，銀色的眼睛裡充滿了冷銳的殺氣，「雖然曾經殺到我想吐，但我不介意再多一個。」

利維坦沉默了一會兒，哈哈笑起來。

「我真該感到榮幸，能被您和那些令人瑟瑟發抖的大惡魔相提並論！但是很遺憾呢，我可不想現在就去深淵見暗黑之主。」

他從菲耶娥的懷裡搶走小傢伙，引來女性精靈哭泣般的叫喊。

惡魔混血用手掐著小傢伙的脖子，把她像破布一樣拎在半空中，「或者您認為，我的性命比我手中這些人質還重要，就儘管動手。」

「卑鄙！」

「無恥的傢伙！」

蒙特身後的半精靈們憤怒地喊著，他們看著被俘虜的朋友與親人，雙目赤紅。

蒙特一雙眼緊盯著被俘虜的菲耶娥，幾乎是咬著牙道：「你們要和風起城所有的半精靈為敵嗎？」

「喔，很可惜。」利維坦輕描淡寫地掃了他一眼，「你們這些傢伙還不至於被我放在眼裡。」

「你——」

蒙特赤紅著眼想去撕了那個男人，卻被瑟爾搶先一步。

誰也看不出精靈是什麼時候出手的，甚至沒有人聽見響動，只是在眨眼的片刻，在人們聽到他短弓鬆弦的聲音時，對面已經倒下了一人。然後接二連三，瑟爾持弓數箭連發，幾乎沒有停頓。即便以半精靈們優越的視力，也無法分清箭與箭之間的間隙。

這是遊俠的連射技能，即便多年不用，瑟爾依舊嫺熟無比。

等半精靈們回過神來時，對面只有利維坦一人還站著，他周圍的手下們都已經被瑟爾一箭穿胸，沒了氣息。

那些得到自由的半精靈們動作靈敏，幾乎在一瞬間就遠離了危險，他們安全了！

但是——

「啪啪啪啪。」

那是尾巴用力甩在地面上的聲音。

「真是精彩，我就知道僅憑這些雜碎，根本無法對付您。請原諒，我現在無法空出另一隻手來鼓掌。」利維坦帶著無法壓抑的興奮笑容，一直用尾巴敲打著地面，「畢竟我可不想一鬆開手，就面臨您的致命一箭呢。不過我手中這個小傢伙，您打算付出什麼來救呢？」

這個惡魔混血非同一般，瑟爾普通的連射對他根本沒有威脅。

利維坦一點都不為死去的屬下傷心，他似乎更對眼前的狀況感到滿意。只要手中這個重要的人質還在，瑟爾不能輕舉妄動，他就可以和這些半精靈玩更有趣的遊戲。

菲耶娥和被俘虜的半精靈們獲得了自由，飛快地回到同伴們身邊。事情發生得太快，以至於大多數半精靈們都沒回過神，不知道這數箭之間發生了什麼，也不知道這意味著什麼。

菲耶娥卻不同，她跑到蒙特身邊後，目光複雜地看向瑟爾。

她該說謝謝，感激瑟爾第一時間救了他們。可是瑟爾這麼做，卻讓落在惡魔混血手中的半精靈小傢伙陷入更危險的境地。即便孩子臉上有厚厚的毛髮遮掩，在場的所有人也可以看出她已經出氣多，進氣少了。

急促的風聲從所有半精靈的耳邊拂過，像是此刻他們心中的焦急與忐忑。

「對不起。」瑟爾終於又開口了，「我不僅無法救你的母親，也無法救你，這是我的錯，對不起。」

半精靈們聽見瑟爾的聲音變得沉重而遲緩。

「我會為你報仇。」

利維坦的臉色變了，他急速地後退一步，卻看見瑟爾已經舉起短弓對準自己。

在一群半精靈的性命和一個孩子的性命之間，瑟爾做出了選擇，惡魔混血的威脅對他再沒有作用。

「噁心！虛偽！」見計畫失敗，惡魔混血氣急敗壞又憤怒地道，「人死了，你再報仇有什麼意義！不過是自我滿足！」

「我還以為你是個值得敬重的對手！」

「原來你和他們一樣虛偽，真令人失望！」

瑟爾對著他的箭矢並未移動，目光越來越尖銳。

惡魔混血似乎被他激怒了，捏著小傢伙的力氣越來越大。

「像你這種陶醉在自我譴責快感中的噁心聖人，死吧，全去死吧！」

瑟爾無動於衷，彷彿做出決定後就變成了一座冰雕，沒有任何語言可以動搖他的心志。

「喂。」見到惡言惡語對瑟爾沒有用，惡魔混血低下頭，滿懷惡意地對手中的孩子道，「妳的保護者不要妳了，妳明白這意味著什麼嗎？」

孩子眼中流出大滴大滴的淚水，淚痕沾濕了她的毛髮，讓她臉上剛清理乾淨的毛變得一縷一縷的。即便哭得如此抽噎，她還是不能發出聲音。

她是如此幼小，瑟爾真的要犧牲她嗎？

然而，無論利維坦如何煽動、如何惡意挑撥，都無法再改變瑟爾的態度。

他手中的弓箭已經泛起白芒，這是來自以利的神力，比聖光更具威脅，只要有一絲觸及惡魔混血，就會為他帶來無盡的痛苦與毀滅。

利維坦還想用孩子干擾瑟爾的視線，精靈卻像封住了所有的情緒。

弓弦越拉越開，最後鬆手之前，利維坦聽到他說：

「你錯了，你已經是個惡魔。」

宛若白晝的光芒撕裂天空，這一刻，半個風起城的居民都聽到一聲巨響，像電閃雷鳴，又像是神明在用巨錘擂擂敲打著夜幕。

那幾乎燃盡所有黑暗的光芒將利維坦團團圍住，炙烤著惡魔混血的靈魂，在即將被吞沒的最後一刻，他終於不得不接受自己的敗北！

他放開手，用雙手結下一個陣法，那個扭曲的身影伴隨著嘶啞的怒吼聲，消失在漸漸黯淡下去的光芒中。

「她還有呼吸！」

在光明淡去後，菲耶娥第一時間撲了過去，接住被拋下的小傢伙。令她驚訝的是，那看似充滿強大力量的光芒沒有對小傢伙造成任何損害。孩子身上最大的傷處，還是被利維坦捏得青紫的脖子。

然而即便這樣，孩子小小的身軀也承受不了，在菲耶娥懷中顫顫抽搐著。

「快點，藥劑！誰有藥劑！」

她眼中滿是淚水地呼喚著，旁邊卻突然伸出一隻手，在看清那隻手的主人的那一刻，她幾乎是下意識地戒備起來。

像是早料到這一幕的瑟爾微微一頓，隨即繼續保持著伸手的姿勢：「我來。」

他施展出準備好的神術，右手發出微微白光，撫在小傢伙的額頭上。

白光照耀後，小傢伙的臉色已經好了許多。瑟爾退開一步，讓菲耶娥照顧孩子，周圍的半精靈們則看著他。

他們的目光充滿錯愕、訝異，還有意料之外的驚喜，以及無法抑制的崇拜。

「你身為精靈，卻可以使用神術。」蒙特的眼神是說不盡的複雜，「你……」

他正想說些什麼，遠處傳來了馬蹄聲。

「薩蘭迪爾大人！」

「大人，您沒事吧！」

原來是伊馮和艾迪不知何時趕了過來。兩名聖騎士騎著馬，一前一後地停在瑟爾身邊，將他與半精靈們隔絕開來。

「我們剛來到風起城，就看到這邊的動靜！」伊馮喘著氣道，「如此大規模的神力，大人，莫非您剛才是在和惡魔戰鬥？」他幾乎猜中了真相。

聖騎士們將薩蘭迪爾團團圍住，而從始至終，精靈一言不發。

「雷德已經找到了。」伊馮說。

直到此時，薩蘭迪爾終於有了回應，他決定跟著聖騎士們離開，去完成他真正的使命。

只是離開前，他看了眼站在一旁的蒙特。

以利的聖騎士低聲道：「報酬我之後會託人送過來。對不起……她，就拜託你們了。」

他沒有再回頭，就像詩歌中傳誦的那樣，英雄們從不回首。

這一群聖騎士們，就和他們突然出現時一樣迅速消失在視線中。蒙特終於回味過來這場突如其來的告別，卻無法平靜。

『我救治同胞，為什麼要精心算計他的報償？』

『因為我也無法回樹海。』

『瑟爾。這是我的真名。』

『對不起。』

「混蛋。」許久，蒙特沙啞著開口，「哪有人道完歉就直接走人的，一點誠意都沒有。」

他終於知道了他是誰，卻似乎再也沒有再見的機會了。

†††

聽說聖騎士們找回了薩蘭迪爾，紅龍少年第一時間就趕過來。

「你這個不講信用的精靈！」雷德大喊，「說好了要幫我找迪雷爾叔叔，竟然丟下我一個人在梵恩城就走了！嗯嗯？人呢？」

紅龍少年吼了半天，才注意到他想要討伐的對象根本不在房間內。

「你們不是說找到他了嗎！」他瞪著眼問聖騎士。

艾迪苦笑道：「是找到了，不過一刻鐘之前，大人又離開了。」

雷德一臉問號，跟在他身後進屋的精靈們看到目標不在，也不由得失望。

「該不會是……」阿爾維特微微蹙眉。

艾斯特斯接完他的話：「故意躲我們。」

雷德聞言，怒目看向他們：「那都怪你，都是你們非要跟過來，不然我就能見到他了！」

當他們抵達邊境的時候，本來是準備和精靈們分頭行事的，可薩蘭迪爾製造出來的神力之光卻遠遠吸引了精靈和聖騎士們的注意力，他們不約而同地往這個方向趕過來。只不過聖騎士們的騎術更好，先一步抵達。

「知道惹人嫌還非要湊上來，是我的話我也不想見你們。」雷德哼哼。

精靈們彷彿沒有聽見他的嘲諷，只是把目光轉向伊馮。

伊馮只好道：「大人是有事外出，不一會兒就會回來。另外，我們可能會在這裡多耽擱幾天。」

「什麼事？」艾斯特斯翠藍色的眼睛靜靜望著他。

不知為何，伊馮發現在這雙眼睛的注視下，自己無法不說實話。

「是關於本地半精靈的一些事。」

這一次，聖騎士們注意到這位樹海新王儲眉宇間的紋路明顯深了下去，似乎很不滿意。不止是他，就連雷德也一臉莫名其妙。

「半精靈？那和他有什麼關係，不過是一幫混血罷了。」血統至上的巨龍們在這個問題上，和純血精靈是同一個立場。

艾斯特斯冷冷開口道：「他對待混血的態度向來與眾不同。」

他的心情好像更不好了，另外兩名精靈都有些擔憂地望著他。

年輕的王儲似乎無法再也忍受這裡的空氣，只要想到這座城裡有那些代表著族人屈辱過去的混血存在，他就無法再安然待下去。

「他有說接下來要去哪裡嗎？」艾斯特斯開口，「我可以先去那裡。」

伊馮說了一個地名，精靈們聽聞後，便沒有猶豫地轉身就走。

「聽說精靈們都很不喜歡半精靈。」艾迪看著他們的背影，「原來是真的。」

「如果你的兄弟姊妹被人強迫，你也不會喜歡那些流著犯罪者血脈的孩子。」伊馮倒是稍微能理解一些。

艾迪說：「可至少孩子是無辜的吧。而且他們……我是說，精靈們不是一直信奉自然信條，與人為善、與世無爭的嗎？為什麼偏偏在這件事上這麼執著？」

「世上沒有完美的種族。」伊馮無奈地看著他，「如果精靈真的什麼都不在意，像聖人一樣完美，他們就不會和矮人關係那麼糟糕了。」

「好吧。」艾迪點頭承認，「但是至少薩蘭迪爾大人就不會在意這些。雷德，你在找什麼？」

「啊！」被呼喚名字的紅龍少年不再四處張望，「我在找那個人類小法師，我要找他和我一起出去找薩蘭迪爾，你們有誰看到他嗎？」

聖騎士們齊齊搖頭。

「那你們知道薩蘭迪爾去哪裡了嗎？」

聖騎士們再次搖頭。

「那你們跟還沒找到他有什麼兩樣！」紅龍怒了，「為什麼不把他看緊一點！要我說，索性把他綁起來好了。」

「當大人想離開的時候，沒有任何人能束縛他。」伊馮冷靜道，「他現在與我們同行，是因為他有未完成的使命。我們是他同行的夥伴，卻不是他的束縛。」

雷德快被這些聖騎士氣瘋了，說話陰陽怪氣的，還總是奉行一些自虐般的信條。說起來，聖騎士其實和精靈們挺像的，總是一絲不苟地遵循著自成一體的嚴苛準則。

那又是精靈又是聖騎士的薩蘭迪爾，豈不是雙重自虐？

這麼想著，紅龍少年心裡舒坦了一點。他想，薩蘭迪爾都這麼可憐了，我就不和他計較了。

他決定去為難另一個傢伙：「阿奇・貝利！你跑去哪裡了！」

「哈啾！哈啾！哈啾！」

嚏。

阿奇．貝利此時心情激動地站在一座氣派恢宏的建築門口，卻一連打了三個噴嚏。

這是一幢頗具南方特色的建築，巨大的圓穹頂上十分醒目，讓人遠遠便被吸引過來。然而真正讓阿奇．貝利這麼興奮的，卻不是這巨大的穹頂，而是這座建築本身代表的含義。

在他周圍有許多職業者來來往往，看都沒有看這個法師學徒一眼，阿奇自己卻已經激動得不能自已了。

「職業者協會南方總部！這個淨誕生神祕又古怪職業者的地方，我以為這輩子都不可能來了！」阿奇原地轉圈，念念有詞，「聽說曾經有人在這裡轉職成為了『獸人德魯伊』！啊，天啊，那我能不能在這裡轉職成為『畫家法師』？」

他似乎對不能將繪畫的愛好融進自己的職業中，感到十分遺憾。

「首先，你得先成為一名法師。」熟悉的嘲諷聲在耳邊響起，帶著幾乎令人感到親切的毒舌。

阿奇一顫，抬起頭來：「伯、伯西恩老師！你怎麼在這裡？」

伯西恩瞥了他一眼：「一位法師去職業者協會，是很奇怪的事嗎？」

「不，我是說……你不是該在獸人山麓那邊的人類王國嗎？你說不跟我們一起來了。」

「很顯然，我並不是跟著你們來的，我有自己的事要辦。」黑袍法師冷淡道。

「什麼事？」

阿奇忍不住問，可隨即他就感到後悔，他親愛的毒舌老師才不會那麼好心地回答他呢。

「一個委託。」

出乎意料的，黑袍法師這次格外有耐心。他說這句話時，嘴角似乎都勾起了一個弧度。

「雖然我的確不想來這麼偏僻的地方，但是有人主動聯繫我。」伯西恩說，「他付出了報酬，那我也不能毀約。」

用一副「我只是為了完成交易」的表情說完這些話，法師一腳踏進了職業者協會南方總部的大門，帶著連他自己也沒有察覺到的輕快。

「說起來。」阿奇．貝利跟在他身後感嘆，「最開始，我明明是被老師您脅迫來找薩蘭迪爾的，但是現在目的卻完全變了呢，也不知道那位大人現在在哪裡，到底還在不在這個城裡。」

伯西恩腳步停了一瞬，卻沒有回答他。

†††

在那次惡魔混血造成的騷動之後，半精靈們轉移了據點。

他們沒有第一時間離開風起城，一方面是在這裡根基深厚，輕易離開會傷筋動骨，另一方面則是由於精靈所說的「報酬」。

那個傢伙不知道從哪裡找到了人脈，竟然和職業協會的人搭上了關係。現在職業協會那邊雇傭了這幫半精靈，作為他們御用的探哨和刺客，幾乎算是給了他們一個官方的身分。

有職業協會這個龐然大物在背後撐腰，風起城內暫時是沒人敢打這幫半精靈的主意了。

半精靈孩子的洗禮已經結束了，出乎意料的成功。

她的智力比以前有顯著的提高，外表上也有很大的改變。突出在唇外的犬牙縮了回去，變成了可愛的虎牙，毛髮也從臉頰和四肢上褪去，只留下一頭漂亮的銀黑色長髮。

現在可以看出來，她其實是一個很可愛的小女孩，只是小女孩眼中總是有著憂愁，常常站在窗口望著街角，不知道在等誰。

這一天，菲耶娥他們決定幫小女孩取一個名字。

蒙特知道這件事後，就拿著酒囊爬上了屋頂。

「誰能想到呢？剛被撿回來的時候，那麼髒兮兮的一個小孩子，現在是整個基地裡最受歡迎的小傢伙。」半精靈低笑道：「可以想見，以後一定會有不少小夥子為她爭風吃醋。唉，只可惜她沒有父親，沒人為她把關，千萬不要讓小傢伙被居心不良的男孩子拐走了。」

屋頂上掉下一塊石子，咕嚕嚕地滾到了半精靈腳下。可這裡明明是半空，真不知道這顆奇怪的石子是哪裡來的。

半精靈像沒看到一樣，繼續嘀咕：「說起來，今天菲耶娥要幫小傢伙取名字了。不知道會取什麼名字？」

他哈哈笑起來。

「以菲耶娥的水準，可能會取『小鳥』、『百合』這種俗氣的名字。不過要是由我來取，可能會叫『野獸』、『撿來的小狼』這樣的名字吧。可惜這是小傢伙唯一一次命名，卻沒有合適的人為她準備呢。」

又一枚石子在半精靈腳邊落下。

「特蕾休。」

風中傳來一道聲音，輕得幾乎像是錯覺，蒙特卻迅速地抓住了這個錯覺，以防它消失得太快。

「等等！好吧，我知道你想讓她叫什麼名字了，但是——」半精靈道，「你不想知道，她為什麼會孤身一人出現在獸人山麓嗎？」

風中沒有聲音傳來，但是蒙特確定，他喊的那個傢伙一定已經停下了步伐。

「之前我說過，風起城附近有一整個村子失蹤了。小傢伙就是那個村子的人，原本她是和父親一起生活在那裡的。你懂嗎？她的獸人父親並沒有拋棄她，而是離開了族群，撫養她長大。不過這不是重點，重點是——那個村子全村的人都失蹤了，唯一的倖存者卻出現在獸人山麓，被你撿了回來。」

半精靈表情嚴肅地道：「我不知道這究竟意味著什麼，這也不是我能參與的事。但是，我希望這對你多少能有點用。」

狂風作響，沒有人回答。

「好吧。」半精靈笑道，「那，再見了。」

這一次，也沒有人回應他。

不知過了多久，半精靈終於喝完了酒，搖搖晃晃地走下屋頂，卻在靠近屋頂的窗沿看見一個蹲在地上的小傢伙。

「嘿。」他走上前去，擦乾小孩臉上的淚水，「他說妳叫特蕾休，真是個好名字呢。妳喜歡嗎？」

有著漂亮翡翠色眼睛的小女孩用力點了點頭，隨即又流下淚水，為那個離去的精靈，為那個可能再也無法靠近的溫暖懷抱。

「嗚嗚，特蕾休。」

她抽噎著，用口齒不清的發音一遍遍地喊著這個名字，就像在寒冷的雪山中，她一次次喊著「瑟爾」一樣。

特蕾休。珍寶。

——妳是我的珍寶。

†未完待續†

光與暗之詩小課堂

Q 精靈們信仰自然女神，為何沒有聖騎士，也不能使用神術呢？

A 自然女神是天地間誕生的神明，她是唯一一個不由眾神之神創造，而是自己誕生的神明。她更類似於大地與森林的象徵。

她賦予精靈們生命，卻沒有高高在上，將他們當做自己的臣民。

她沒有神殿，因此也不會存在聖騎士和使用神術的僕人。

自然女神教導精靈們尊重自然，愛惜生命；

眾生平等，哪怕是神與凡人，因此精靈自愛自尊，

不信仰神，不成為神的奴僕。

直到薩蘭迪爾成為了以利的聖騎士。

高寶書版集團
gobooks.com.tw

BL074

光與暗之詩 第一卷 曙光之薩蘭迪爾

作　　者　YY的劣跡
插　　畫　Gene
責任編輯　陳凱筠
封面設計　林鈞儀
排　　版　彭立瑋
企　　劃　黃子晏

發 行 人　朱凱蕾
出　　版　三日月書版股份有限公司
　　　　　Printed in Taiwan
地　　址　臺北市內湖區洲子街88號3樓
網　　址　www.gobooks.com.tw
電　　話　(02) 27992788
電　　郵　readers@gobooks.com.tw（讀者服務部）
　　　　　pr@gobooks.com.tw（公關諮詢部）
傳　　真　出版部　(02) 27990909　行銷部 (02) 27993088
郵政劃撥　50404557
戶　　名　英屬維京群島商高寶國際有限公司臺灣分公司
發　　行　英屬維京群島商高寶國際有限公司臺灣分公司
　　　　　Global Group Holdings, Ltd.
初版日期　2022年12月

本著作物《神印》，作者：YY的劣跡，由北京晉江原創網絡科技有限公司授權出版。

國家圖書館出版品預行編目(CIP)資料

光與暗之詩. 第一卷, 曙光之薩蘭迪爾 / YY的劣跡著.-- 初版. -- 臺北市：三日月書版股份有限公司出版：英屬維京群島商高寶國際有限公司臺灣分公司發行, 2022.12-
　冊；　公分. --

ISBN 978-626-7152-39-3(第1冊：平裝)

857.7　　111017481